———— 阅读之前 没有真相

午夜文库

劳伦斯·布洛克
雅贼系列

劳伦斯·布洛克 Lawrence Block（1938— ）

享誉世界的美国侦探小说大师，当代硬汉派侦探小说最杰出的代表。他的小说不仅在美国备受推崇，还跨越大西洋，征服了自诩为侦探小说故乡的欧洲。

侦探小说界最重要的两个奖项，爱伦·坡奖的终身成就奖和钻石匕首奖均肯定了劳伦斯·布洛克的大师地位。此外，他还曾三获爱伦·坡奖，两获马耳他之鹰奖，四获夏姆斯奖（后两个奖项都是重要的硬汉派侦探小说奖项）。

劳伦斯·布洛克的作品，主要包括四个系列：

马修·斯卡德系列：以一名戒酒无执照的私人侦探为主角；

雅贼系列：以一名中年小偷兼二手书店老板伯尼·罗登巴尔为主角；

伊凡·谭纳系列：以一名朝鲜战争期间遭炮击从此睡不着觉的侦探为主角；

奇波·哈里森系列：以一名肥胖、不离开办公室、自我陶醉的私人侦探为主角。

此外，布洛克还著有杀手约翰·保罗·凯勒系列。

劳伦斯·布洛克生于纽约布法罗，现居纽约，已婚，育有二女。

劳伦斯·布洛克作品年表

1966 《睡不着觉的密探》
1976 《父之罪》《在死亡之中》
1977 《谋杀与创造之时》《别无选择的贼》
1978 《衣柜里的贼》
1979 《喜欢引用吉卜林的贼》获尼禄·沃尔夫奖
1980 《研究斯宾诺莎的贼》
1981 《黑暗之刺》
1982 《八百万种死法》
1983 《像蒙德里安一样作画的贼》
     《八百万种死法》获夏姆斯奖
1986 《酒店关门之后》
1987 《酒店关门之后》获马耳他之鹰奖
1989 《刀锋之先》
1990 《到坟场的车票》
     《刀锋之先》获夏姆斯奖
1991 《屠宰场之舞》
1992 《行过死荫之地》
     《到坟场的车票》获马耳他之鹰奖
     《屠宰场之舞》获夏姆斯奖、爱伦·坡奖
1993 《恶魔预知死亡》
1994 《一长串的死者》
     《交易泰德·威廉姆斯的贼》
1995 《自以为是鲍嘉的贼》
     《一长串的死者》获爱伦·坡奖
1997 《向邪恶追索》《图书馆里的贼》
1998 《每个人都死了》《杀手》
1999 《麦田里的贼》《黑名单》
2001 《死亡的渴望》
2003 《小城》
2004 《伺机下手的贼》
2005 《繁花将尽》
2011 《一滴烈酒》
2013 《数汤匙的贼》

雅贼全集精装典藏版④
研究斯宾诺莎的贼
The Burglar Who Studied Spinoza

(美)劳伦斯·布洛克 著
林雅敏 译

新 星 出 版 社　NEW STAR PRESS

献给卡里尔·卡诺

1

五点半左右,我放下手上正在看的书,准备开始驱散店里的客人。这本书的作者叫罗伯特·帕克,写的主角是一个姓斯宾塞的私家侦探,书里没有提到他的名字,只是非常强调他的体力,每隔几章,他不是在波士顿某处慢跑,就是在练举重或者找其他方法来让自己得心脏病或疝气,我光是看着都觉得累。

今天的客人很容易赶,其中有一个赶紧买下一本他正在翻阅的诗集,其他的就像晴天早晨的薄霜一样很快消失不见了。我把卖特价书的桌子——每本四十美分,三本一美元——拿进店里,关了灯,然后走出书店,关门,上锁,拉下大门和橱窗前的铁门,也给铁门上了锁。现在巴尼嘉书店可以上床睡觉了。

店打烊了,接下来我要干点正事了。

* * *

这家店位于东十一街,大学广场和百老汇大道之间。往东两个门就是贵宾狗工厂了。我推开门,门上挂的铃叮当作响,宣告有人来了。卡洛琳·凯瑟从帘幕后面探出头来。"嘿!伯尼,"她向我打招呼,"自己找地方坐!我马上就来。"

我在柔软的沙发上坐下来,然后开始翻一本叫《宠物商》的商业杂志,上面应有尽有,我想也许可以翻到法兰德斯畜牧犬的照片,可惜运气不佳。卡洛琳走出来的时候我还在找,她抱着一只颜色像掺水威士忌一样的小狗。

"这应该不是法兰德斯畜牧犬。"我说。

"当然不是。"卡洛琳回答。她把狗放到桌子上,开始替它刷毛,把它的毛弄蓬松,尽管我觉得它的毛原本就够蓬松了。"这是'维利安特王子'。伯尼,它是一只贵宾犬。"

"我不知道贵宾犬长这么小。"

"他们一直在改良品种,想办法把它们弄小。它是迷你品种,比一般的迷你狗更小。我想日本人大概正在抢攻这个市场,他们可能用半导体干了什么见不得人的事。"

卡洛琳通常不开矮个子的玩笑,因为怕搬起石头砸自己的脚。她穿上高跟鞋大概也只有五英尺一英寸高,但是她从来不穿高跟鞋。卡洛琳留短发,颜色是深咖啡色,眼睛是彩釉那般的蓝,身材像消防栓,很适合狗美容师这个职业。

"可怜的王子！"她说，"那些养狗的人，专挑一些营养不良、发育不全的狗来配种，配出这样的犬来。当然他们也配颜色，比如维利安特王子，它不仅是只迷你犬，还是杏黄色的品种。它的主人到底躲到哪里去了？现在几点了？"

"差十五分钟六点。"

"她已经迟到十五分钟了，再过十五分钟我就关门。"

"那维利安特王子怎么办？你要带回家吗？"

"你在开玩笑吗？我的猫不把它当早餐吃了才怪。尤比可能还可以和它共存，但是阿齐很可能会把它的内脏挖出来，当作练习。不行，如果到六点她还不出现，我只好把王子送进狗牢房，今晚它只能在笼子里过夜了。"

听到这话王子应该叫两声以示抗议，可它只是呆呆地站在那儿，活像一只假狗。我说我认为它不是杏黄色的，而更接近波本威士忌加苏打水的颜色。卡洛琳叹了口气说："天哪！别提醒我，我会像巴甫洛夫的狗一样开始流口水。"这时门铃响了，一个将灰发染成蓝色的女人趾高气扬地走了进来，要领她的宠物。

她们在给维利安特算账的时候，我继续翻那本《宠物商》杂志。然后维利安特的主人把一条镶着莱茵水晶石的皮带系在它的项圈上。她带着狗走出店门，到了人行道后向东转，也许是朝斯图尔特大厦的方向。那是一幢高级住宅公寓，里面大概住了很多头发染成蓝色的老太太，她们身边或许也都带着杏黄色的贵宾狗。

"唉,贵宾犬。"卡洛琳说,"因为猫的关系,我不能养狗。就算没养猫,我大概也不会养狗。而就算养狗,我也绝不养贵宾犬。"

"贵宾有什么不好?"

"我也不知道。事实上,正常的标准黑色贵宾没什么不好的,没有修剪过的黑色大型长卷毛犬其实很漂亮。但是如果每个人都养这么一只,那我就得把剪刀收起来,准备关门大吉了。仔细想想,要真这样也不错。伯尼,你有办法跟一只迷你贵宾犬过日子吗?"

"我不行——"

"你当然不行,"她说,"我也不行。只有两种人会养这样的狗,而这两种人我从来就无法理解。"

"什么样的人?"

"基佬和直女。我们可以走了吗?我也许该去喝一杯杏子白兰地,我以前有个情人很爱喝这个。或者我可以叫一杯你刚才提到的波本威士忌加苏打水。事实上我现在想喝一杯马提尼。"

最后她只喝了巴黎水加柠檬。

当然她不是没有抗议,但是这些抗议会随着空气消散,所以当我们到了"饶舌酒鬼"酒吧,坐在我们常坐的那张桌子边的时候,卡洛琳已经勉强同意了——虽然不是很心甘情愿。当店里的女招待过来问是不是按老样子点单的时候,卡洛琳做了个鬼脸,然后点了巴黎水,这是在任何可以想象得到的状况下她绝不会点的东西。通常工作了一天之后,我也不会点巴黎水,但是今天事还没办完,我只好也点了,女招待挠着头走开了。

"你看吧!伯尼,不平常的举动马上就引起怀疑了。"

"我才不担心。"

"我不明白,为什么我不能喝点像样的饮料?现在离今天晚上办事的时间还有几个小时,到时候酒精早就退了。"

"你知道规矩的。"

"规矩?"

"没有规矩这个社会就会崩溃,完全陷入混乱状态,街上到处有人犯罪。"

"伯尼——"

"当然,"我说,"今天晚上我也可以单独行动。"

"休想!"

"这事我一个人干,不会比两个人一起动手更难,我可以自己来。"

"这事是谁先发现的?"

"当然是你。"我说,"不管怎么样,你都有百分之五十的份。但是今天晚上你可以留在家里,为什么要多冒这个险呢?这样你就可以要一杯你想喝的马提尼,甚至三杯、四杯都没关系,而且——"

"你说得好听。"

"我只是想——"

"我说你说得好听。"

当女招待把两杯巴黎水端来的时候,我们停止了讨论。自动点唱机里传出了洛丽塔·琳恩和康威崔提合唱的情歌,唱的是一个密西西比女人和一个路易斯安那男人的故事,也许是反过来。这无关紧要。

卡洛琳一只手握着杯子,瞪着我。"我要去。"她说。

"随便你。"

"随便我。我们是伙伴,别忘了。我要全程参与。你不能因为我是女人就觉得我只能留在家里生火。"

"我可没说——"

"我不需要什么该死的马提尼。"她举起杯子,"为犯罪干杯,该死的。"她把苏打水像金酒一样倒进嘴里。

这整个计划就是在"饶舌酒鬼"这张桌子上谈妥的。卡洛琳和我下班后通常都会一起喝一杯,除非我们之中谁有别的事。几个星期前我们在这里举杯,杯子里当然不是巴黎水。

"有些人挑选狗的方式真好笑,"卡洛琳那时这么说,

"我有一个叫旺达·科尔卡农的顾客养了一只法兰德斯畜牧犬。"

"这就很好笑?好吧。"

她看着我。"伯尼,你到底要不要听?"

"抱歉。"

"事情是这样的:当初她牵着狗走进店里的时候,我马上察觉到她们是天生的一对。那是一个长得很高,面部表情很严肃的金发女人,一看就是受虐狂男人梦寐以求的那种女人。她身穿名牌服饰,颧骨简直就是上流社会的标志,你知道吗?"

"嗯哼。"

"而法兰德斯畜牧犬是非常时髦的狗,现在很流行,也是最近几年才被养狗协会认定的品种。就算你不知道,只要看一眼也能明白这种狗很时髦很名贵。眼前这个长腿的金发女郎身穿皮衣,身边还有一只纯黑的法兰德斯畜牧犬,她们看起来真的就是天生一对。"

"那又如何?"

"但她挑这只狗完全是因为名字。"

"那只公狗叫什么名字?"

"那是只母狗。"

"那也很流行。当一只母狗。"

"哦,是的,永远不会落伍。别瞎扯了,那只狗叫阿斯提德,这名字是旺达帮它取的,她看上它是因为波维尔。"

"为什么?"

"因为旺达的娘家姓法兰德斯。"

"杰奎琳·肯尼迪的娘家姓波维尔,"我说,"但是我不知道她养什么样的狗,而且这根本也不关我的事。你把我搞糊涂了。法兰德斯和波维尔有什么关系?"

"哦,我还以为你知道。波维尔最早是来自比利时,这个品种的全名是波维尔·德·法兰德斯。"

"哦!"

"这就是她会选这种狗的原因。几年前她买了一只幼犬,现在它长大了,更证明她当初的选择是对的。她非常喜欢这只狗,阿斯提德也整天黏着她。阿斯提德除了名贵时髦之外还十分聪明,是一只很棒的看门狗。"

"我真替她高兴。"我说。

"我也这么觉得。我替她的狗做美容已经一年多了,她定期带它来洗澡,每几个月美容一次,狗展之前一定做全套的护理。现在她们已经不太常参加狗展了,但偶尔还是会有一两次。只要参加,它总会得几个奖回来。"

"它一定很高兴。"

"旺达和赫伯也很高兴。旺达喜欢带着狗散步,如果有阿斯提德在身边,她就会觉得街上安全多了。而且她和她丈夫都觉得有这只狗看门很安全,这样他们就不用怕家里被盗了。"

"这我可以想象。"

"是啊。阿斯提德是他们的防盗保险。几个星期前它开始发情,这次他们打算让它交配。旺达虽然怕它生了小狗以后攻击性会变弱,但她还是要试试看。配对的种狗是有名的冠军犬,就住在宾州贝尔克斯郡附近的乡村,我想大概是在瑞丁附近。全国各地都有人把狗送到那里配种,他靠这个赚钱——我的意思是指狗主人。"

"对狗来说,这样的生活也很不错。"

"是啊,旺达不想通过寄送的方式让阿斯提德去交配,他们夫妻俩要亲自带狗过去。通常狗配种必须要花两天时间,两只狗会被关在一起,这样才能确定没有错过排卵的高峰期。所以他们要自己开车带着阿斯提德到贝尔克斯郡,在那里过夜,第二天让狗再交配一次,然后才开车回来。"

"对他们三个来说,这一定是趟快乐的旅行。"

"特别是天气好的话。"

"这通常是个重要的条件。"我说,"你告诉我这些一定有什么原因。"

"很聪明。他们要在外面过夜,阿斯提德——他们的防盗器——也一样。他们有钱买名牌服饰和名贵的狗,而且丈夫还能享受男人的小嗜好。"

"什么嗜好?"

"收集钱币。"

"哦!"我皱了一下眉头,"你刚才提到他的姓——不是法兰德斯,那是他老婆的娘家姓,就像那只狗的名字。对了,科尔卡农,但是你没有提到他的名字——等一下!你说了一次!他叫赫伯。"

"你的耳朵很灵敏,伯尼。"

"赫伯·科尔卡农,赫伯·科尔卡农,赫伯·富兰克林·科尔卡农。就是那个赫伯·科尔卡农吗?"

"这里除了他还会有几个科尔卡农?"

"去年秋天他在包尔斯与拉迪的钱币拍卖会上,买下了新铸的纯金样币。几个月之前他在斯塔克斯①也买下了一些东西,我已经忘了是什么了。我是在《钱币世界》上看到这消息的。但是他很可能把这些东西都存放在银行的保险箱里。"

"他们家有一个很大的保险柜。这样我们的机会是不是更大一些了?"

"的确。你怎么知道这些的?"

"那个女人提过一次,她告诉我有一天晚上她想戴一件珠宝,那珠宝锁在保险柜里,而她忘了保险柜的密码,她丈夫刚好又出门了。我差一点就告诉她,我有个朋友可能帮得上忙。最后我还是决定不让她知道你。"

"聪明的抉择。也许她丈夫没有把所有东西都放在银行里,也许他把一些钱币留在保险柜里和他老婆的珠宝做

---

①包尔斯与拉迪(Bowers and Ruddy)和斯塔克斯(Stack's)均为钱币收藏馆的名称。

伴。"我的脑筋开始迅速转动：他们住在哪里？有什么防盗安全系统？我要如何破解？怎样才能把东西弄到手？要通过谁才能在最有利的情况下把东西出手，拿到干净的现金？

"他们住在切尔西，"卡洛琳继续说，"那是一幢马车库改建的房子，远离大马路，很隐蔽。电话簿上没有他们的名字，但是我有他们的号码和住址。"

"太好了。"

"整幢房子都是他们自己的。没有小孩，没有用人。"

"有意思。"

"我也这么想。我认为这听起来像是给一对最佳拍档的好差事。"

"没错，"我说，"为此我请你喝一杯。"

"早该请了。"

2

在温暖的阳光下非法进入民宅往往不会惹人注意。那些好管闲事的邻居，如果在黑暗中察觉到一点动静，很可能马上报警；但如果是白天看到突然出现的陌生人，他们最多认为是修水龙头的工人。在中午十二点到下午四点之间，如果你给我一个小时、一块写字板、一个工具箱，我保证可以让社区里最谨慎小心、严守打击犯罪原则的公民替我把门，跟我打招呼寒暄。在哪儿都是公平的，下午总是偷住宅区的最佳时机。

但世上哪有公平的事？黑暗对做贼的来说是最佳的掩护，当然对屋主来说可就不一定了。再说合法做正当生意的人，谁会在大白天随便把门紧锁着？根据科尔卡农一家的行程计划，夜间拜访也比较适合。我们知道他们会在外面过夜，而且还知道只要太阳一下山，房子四周就不会有清洁妇或是修补工之类的人出现妨碍我们工作。

当我们出发准备去工作的时候，太阳早已消失在新泽西州的某处。我们从"饶舌酒鬼"酒吧出来，换了几次地铁，然后步行到我位于七十一街和西端大道交会处的公寓。回到家，我把身上的牛仔裤和毛衣脱掉，换上法兰绒的裤子和衬衫，系上领带，再套上一件夹克。然后我把一些用得着的零星杂物放进口袋，另外几件工具装进公文包，最后用修指甲的剪刀将新橡胶手套的手掌部分剪掉。戴上橡胶手套不会留下可疑的指纹，而剪掉手掌的部分，两手在手套里才不会像在蒸桑拿，一会儿就满手是汗。爱抚的时候手心流汗已经够难堪了，闯空门的时候更应该设法避免，当然这样有留下手掌印的危险，但是不偶尔冒一点风险又怎么能算是行家行窃呢？

上路之前我差点忘了换鞋。在店里我通常穿便鞋，主要为了怀旧，也因为穿起来舒服。这会儿我换上一双轻便的彪马慢跑鞋，当然我并没有打算跑步，但是你永远不会知道生命里到底有多少意外在等着你。彪马慢跑鞋弹性极佳的橡胶鞋底让我行动的时候安静无声，就像一只豹子，我觉得。

卡洛琳住在阿伯巷，那是一条位于格林尼治村的狭窄弯曲的小街，当初设计这里的人一定喝了比巴黎水酒精浓度更高的东西。几个月前，她和一个叫兰蒂·梅辛格的女人同居，但是二月初两人之间发生了几次激烈的争吵，之后兰蒂就带着她所有的家当搬到莫顿街去了。现在已是五月底了，太阳逗留在天边的时间越来越长，但是这道裂痕依然没有弥合的迹象。最近卡洛琳偶尔会在"宝拉"或是"公爵夫人"酒吧里认识一些不错的人，但是一直都没有真正擦出火花，她好像也并不在意。

她煮了咖啡，拌了沙拉，又热了一些剩下的馅饼。我们随便吃了点东西，喝了一大壶咖啡。她的猫把盘子里的猫食舔得干干净净，之后就不断在我们脚边绕，最后我们把剩下的馅饼丢给它们，它们一下子全吃光了。那只俄罗斯蓝猫尤比跳上我的大腿坐着，然后开始舒服地专心低吟。它的缅甸猫同伴阿齐在旁边走来走去，伸展四肢，就好像在故意炫耀身上的肌肉。

八点左右，电话响了，卡洛琳接起来，开始和对方闲扯，她讲了很久。我拿起一本书翻着，但一个字也看不进去。其实我也可以拿电话簿来翻，效果是一样的。

卡洛琳挂电话的时候，我确实已经翻了电话簿，并且找到了想要的号码。我拨了号，电话响到第四声时埃博尔·克罗来接了。"是我，伯尼。"我说，"我找到一本书，估计你可能会喜欢，你今天晚上在家吗？"

"今天晚上没什么事。"

"那我大概十一二点过去。"

"太好了！我最近都睡得很晚。"在电话里你可以听出他的欧洲口音，面对面时就不明显了，"你那个可爱的朋友来不来？"

"也许吧。"

"我会准备好等你们过来,晚上见。"

我挂上电话。卡洛琳跷着脚坐在床上,正在认真地剪掉橡胶手套的手掌部分。"埃博尔在等我们过去。"我告诉她。

"他知道我也要去吗?"

"他特地问了一下,我告诉他你可能也会去。"

"什么叫'可能',我喜欢埃博尔。"

她站起来,把手套塞进裤子后面的口袋。她今天穿着青灰色的牛仔裤、绿色的天鹅绒衬衫,现在又加了一件天蓝色的西装外套。看起来真的很动人,我告诉她。

她向我道谢,然后转身对她的猫说:"小家伙,自己要小心。如果有人打电话来,就把名字记下来,告诉他们我会回电话。"

赫伯特[①]和旺达·科尔卡农住在西十八街,位于第七和第十大道之间。不久前,这一带还是抢劫犯喜欢光顾的地段,但不知从什么时候开始,切尔西成了受人欢迎的住宅区,很多人买下老旧的褐石房子重新整修,或是把出租房间打通改造成整层的公寓房,还有人把公寓改建成了独院独户的住宅。道路两旁新种了银杏、橡树、梧桐,慢慢

---

①前一章中的赫伯(Herb)是赫伯特(Herbert)的昵称。

地就只看得到这些树木而看不到劫匪了。

西十八街四四二号是一幢漂亮的四层褐石房子,有两面斜屋顶,客厅还有凸窗,左边的四四四号除了一些细节装饰之外几乎和这幢一模一样,它的门口两边多挂了两盏黄铜制的马车灯。在这两幢房子中间有个拱廊走道,最前端是一道看起来很沉重的铁门,铁门上方是门牌号码:$442\frac{1}{2}$。旁边的门铃下面有一个蓝色的塑料名牌,上面写着"科尔卡农"。

先前我已经在第九大道的公用电话亭打了电话到科尔卡农家,电话答录机请我留下姓名和号码,我当然不会照做。这时我用力按着门铃,等了一分钟,看有没有反应。卡洛琳两手放在口袋里,缩着肩膀站在旁边,身体的重心不断在两只脚上换来换去。

我可以想象她现在的心情。这是她第三次行动,有一次是跟我到林园山庄,那是黑暗的皇后区里一片优雅的外国人住宅;最近一次行动是在东七十几街的一家公寓里展开的。这一行里我是老手,从小就有办法进出陌生的房子。尽管如此,我还是不可能完全不紧张,而这种紧张感以后大概也不会完全消失。

我把公文包换到左手,右手掏出一串钥匙。对付这道铁门可是个艰巨的任务,当然你可以在屋子里按电钮把门打开,也可以用钥匙直接开门。那是一把老式的锁,用万能钥匙就能打开,万能钥匙就这么多种,我手上就有一大串。几天前我仔细看过这把锁,当时我就觉得很容易打开,现在当然也不难,我试到第三把钥匙的时候差点就打开了,第四把钥匙好像是专为这把锁打造的,一插进去门就开了。

我把留在锁上和旁边金属片上的手印擦干净,然后用肩膀把门顶开。卡洛琳跟在我后面,进到有遮顶的通道,随手把门带上。这是一条又长又窄,带着点湿气的水泥砖通道,尽头有一道光,我们就像飞蛾一般急急扑向火光。走出通道,进到一个花园,花园隐藏在褐石房子和科尔卡农夫妇由马车库改建的房子之间。引导我们进来的那盏灯照亮了整个花园,花园中央是大石板铺的凉台,四周围着花圃,晚开的水仙和早开的郁金香正在争艳。我想如果玫瑰也开花,场面一定更壮观。在一个看起来像鱼池的喷水池旁边有一张半圆形的长凳,我怀疑在这里养鱼会不会有附近的猫来抓。我很想在长凳上坐下来享受几分钟,看看池子里的鱼,听听潺潺的水声,但是此刻做这种事实在有点危险。

再说也太浪费时间了。我在开铁门之前就看过一次表——九点四十。原则上我们有一个晚上的时间,但是花的时间越少,我们便越开心,再说早点完工也可以早点离开到埃博尔·克罗那里去。

"简直就像圣诞树上的灯泡。"卡洛琳说。

我之前只顾着看花和池子里的鱼,没有注意房子。那房子就算不像圣诞树，也不是平时常见的那种主人不在的房子。它有三层楼高，我猜一楼以前大概是马车间，上面是给仆役住的，现在被改建成了住宅。眼前每一层都亮着灯，这不是花园里唯一的光源，在喷水池旁边还有一盏路灯，它很可能就是引导我们通过走道的主要光源。

大部分人只会留一两盏灯给小偷，而这些在凌晨四点仍然耀眼的小灯就好像在昭告全世界的人：这里没有人在家。有些人的设置更先进，还加装了定时器，灯会按时开关。我看赫伯特和旺达可能是担心没有阿斯提德看家而反应过度，或者是赫伯特持有太多电力公司的股票，也有可能是旺达买了太多那种盲人在电话里推销的保证五年不坏的灯泡。

也可能他们真的在家。

我走上台阶，把耳朵贴在门上，听到里面有嘈杂的声音，那应该是电视或收音机之类的，但没有谈话声。我按了门铃，然后仔细听里面的动静。房子里的声音没有改变，终于我把公文包放在地上，卡洛琳和我同时戴上橡胶手套。我默默地向圣狄司马斯[①]祷告：希望房子里没有安装我不知道的警报器！圣狄司马斯是我们这一行的守护神，最近他一定听到过很多祷告。

我恳请他保佑：千万不要有警报器！让那只狗真的在

[①]圣狄司马斯（St.Dismas），在《路加福音》中，圣狄司马斯被认为是一个好的、悔过了的贼。

宾夕法尼亚！让小偷梦想得到的宝贝真的在保险柜里面！为了还愿我会——会怎样？

我拿出一串撬锁工具和探针开始工作。门上有三把非常好的锁：两把西格尔，一把雷布森。我把雷布森锁留到最后，因为它最难打开，但让我很惊讶的是这次竟然不到一分钟就把它弄开了！门闩转开的时候，我听到卡洛琳急促的呼吸声，她已经懂得一点开门的诀窍，可以不用钥匙打开自己家的门。我给了她一把雷布森的锁，她像疯了似的拼命练习开那把锁，此刻她似乎对我异常钦佩。

我一转把手，门咔的一声开了。我侧身让卡洛琳先进去，她摆摆手示意我走前面。礼让老年人？不知好歹？宁死不屈？我打开门，非法进入。

天哪！这是什么样的感觉！

我很高兴，因为除了偷窃之外，没有其他更卑劣的事能给我这种感觉，不然我恐怕也会受不了诱惑。哦，我是行家。是的，我干这事是为了钱，但是不必欺骗自己，其实每次侵入别人的房子时我就像被一股强烈的电流击中一样。

上帝作证，我并不以此为荣。如果我能靠巴尼嘉书店维生的话，大可不必这么自甘堕落，可惜到现在我还没办法让书店收支平衡。但是我想，如果我肯花点时间，又不怕麻烦学点经商之道，那应该也不难办到。在利泽尔先生因为退休到佛罗里达州圣彼得堡养老而把店让给我之前，也是只靠这家书店赚钱，同样我应该能以此养活自己才对。我的生活并不奢华，不赌博、不吸毒，也没有成天和漂亮女人鬼混，更没有结交"知名的大哥"，就像那些假释犯喜欢吹嘘的那样。我不喜欢罪犯，更不用说成为其中的一员。

但我就是爱偷，你们自己琢磨吧！

收音机正在播放听众可以打电话参与的脱口秀节目，谈的无非是饮用水的含氟量、儿童劳工等热门话题，那咆哮的声音实在令人憎恶。这里的灯光非常舒服，我们不必自己开灯引起注意，也不需要在黑暗中咒骂。我站在门口的走廊里，决定把该死的收音机关掉，它只会让人分心。想要有效率地偷窃，就必须保持清醒的头脑，谁受得了这样的噪声。

"天哪！伯尼！"

"什么事？"

"她总是打扮得那么漂亮，我真没想到她家里竟然这么邋遢。"

我跟着她进入客厅，想弄明白她在说什么。看到眼前的景象，你会想象是偏离路径的台风偷偷从烟囱溜了进来，把客厅里的东西扫得东倒西歪：沙发上的垫子落在地上，大开的抽屉里东西全都倒在地毯上，墙上的画也被拆了下来，书架上的书掉得满地都是。

"贼！"我说。

卡洛琳睁大眼睛看着我。

"比我们领先一步。"

"他们还在吗？我们最好赶快走。"

我回到前门处，检查了一下。一进来我就把门又锁上了，而且为了保险起见还特地把门链挂上。我们进来之前这三把锁确实都是锁着的，不过门链没挂上。

真奇怪。

如果小偷是从这扇门进来的，而且像我一样小心，为什么没把门链挂上？如果他们已经离开了，为什么不嫌麻烦又把门从外面锁上？虽然我通常都会这么做，但我绝不会把屋子弄得像野猪横行过那么乱。不管是怎样的贼，如果把屋子弄成这副德行，一定是一脚把门踢开闯进去，离开的时候更不会费心把门再锁上的类型。

除非——

有很多可能性。我小心地经过卡洛琳身边，寻找收音机广播的来源。我进入饭厅，里面有一张桃花心木的早餐桌和吧台，这里也像客厅一样被搜刮过了。厨房也差不多，冰箱旁边的整理台上有一台国际牌收音机正在叫嚷。我转向卡洛琳，把食指放在嘴巴前示意她不要出声。收音机被关掉的刹那，正在吼着最近一次的油价上涨。

我闭上眼睛，仔细聆听屋子里的动静。现在就算一根针掉到地上也听得到，但是我很确定没有针掉到地上。

"他们已经走了。"我说。

"你怎么能确定？"

"如果他们还在这里，我们一定听得到。不管他们是谁，绝不是那种闷不吭声型的。"

"我们最好现在就走。"

"别急。"

"你疯了吗？伯尼，如果他们已经走了，说明警察很可能在路上了，就算警察不来，我们要偷什么？他们把可以拿的都拿走了。"

"未必。"

"好吧，他们把银器都拿走了，我们拿什么？不锈钢吗？"她跟着我离开厨房上楼，"伯尼，你还在期待什么？"

"钱币，也许还有一些珠宝。"

"到哪里找？"

"问得好。保险柜在哪个房间？"

"不知道。"

"那我们就得找一找了。"

我们不用花很大的力气，之前的人已经把墙上的画都拆下来了。我们检查了二楼的书房和客房，然后上了三楼。保险柜就在主卧室，那幅原本用来遮盖墙上保险柜的美丽田园画被扔在地上，旁边散落着从化妆台抽屉里倒出来的东西和天窗的碎玻璃。根本不用问他们是怎么进来又是怎么离开的，我确定他们一定是带着赃物从屋顶溜走的。不是那些小丑锁了楼下的门，因为他们根本没有打开过。他们对锁一窍不通，就算花一天甚至一年的时间也打不开雷布森锁。

他们对墙上的保险柜当然也束手无策。我不知道他们到底费了多大力气想打开它，密码锁的周围有钻孔机钻过的痕迹，可见他们试图用这个方法打开。没有痕迹显示他们使用了乙炔焊枪或其他方法。那个保险柜非常坚固，上面的锁简直就是艺术品。

我开始玩弄那个密码锁，卡洛琳站在旁边看，当然不仅仅因为好奇。但没过多久我们都开始有点不自在。我还没开口，她就说要到别的地方看看，我说锁一打开就叫她。

那锁真让我费了点工夫。我把橡胶手套脱掉。有人说用砂纸磨平指尖可以增加敏感度，这根本是胡说，完全不需要做这些毫无意义、只会增加工作难度的事。我东摸西摸，运用了对密码锁所有的知识和直觉，这些都是想玩锁玩得好所必须具备的。我先找出最后一个数字，这通常是开密码锁的第一个步骤，接着其他三个数字就一步一步地找出来了。我又把手套戴上，再把摸过的地方擦干净，然后深吸一口气，吹口哨通知卡洛琳。

她带着一幅画走进来。"这是夏加尔①的石版画。"她说,"用铅笔签了名还编了号,我猜应该值几百美元吧。值不值得偷?"

"如果你把框子拿掉的话。"

她把画举高。"我想,它应该可以放进你的公文包。你的锁开得怎么样了?"

"我现在要随便试几个号码,碰碰运气。"我说着把四个数字按照正确的顺序拨好,感觉到了锁钩弹开时咔嗒的声响,然后将把手转到左边。保险柜开了。

我们就像进来时那样离开了房子。当然也可以从屋顶走,可是为什么要这样?我在厨房待了一会儿,又把收音机打开。广告正在推销三张一套的伦巴和桑巴舞曲精选唱片集,我没理它,把门链取下,将三把锁全打开,出了房子。我让卡洛琳提着公文包,自己用撬锁工具和探针把三把锁再一一锁上。在学校的时候他们教会我做事要认真仔细,小时候学会的东西通常会跟随你一辈子。

喷水池的水依然潺潺地流着,那个小花园看起来还是那么可爱。我把橡胶手套脱掉塞进裤子的后口袋,卡洛琳也照做了。我从卡洛琳那里拿回公文包,一起穿过原先那

---

①夏加尔(Marc Chagall, 1887—1985),俄国画家,现代绘画史上的伟人,是游离于印象派、立体派、抽象表现主义等一切流派之外的牧歌作者。

个阴暗的通道,又回到了铁门处。这次我们不需要钥匙,门的内侧有一个把手,不过从外面够不着。我转动把手,铁门在我们走出后自动关上。

街对面有一个瘦高的年轻人,手上拿着一卷卫生纸,正在替他的狗"善后"。他没有注意到我们,我们朝着相反的方向离开。在第九大道的转角处,卡洛琳说:"一定有人知道他们带着狗出门了,也可能是有人临时起意碰巧捞了一笔。"

"不太可能。"

"是啊。旺达一定还告诉了其他人,我可绝对没向人说起过,伯尼。"

"有些人爱闲扯,"我说,"而聪明的小偷知道怎么搜集这些小道消息。如果我们当初抢先一步,或许会收获更多,但是现在这样也有好处。我们是清白的,那些小丑那样翻箱倒柜,警察马上就会追上他们。我们没有留下痕迹,这笔账肯定全算在他们头上。"

"我也这样想。你觉得夏加尔那幅画怎么样?"

"我还来不及仔细看。"

"不知道挂在我那里看起来怎么样。"

"哪里?"

"我在想,也许挂在靠着柳条椅的那面墙上。"

"那些航空公司的海报你打算怎么办?"

"我想我收集旅游海报的热情已经过去了。也许我该重新整理这幅石版画,这不是什么大问题。"

"我们再看看。"

"好吧。"有三辆出租车经过,但是都已经亮起休息不载客的信号灯。"我拿那幅画,只是因为不想空手而归,你知道吗?"

"我知道。"

"我在翻那些抽屉的时候,就猜到你能打开那个保险柜。但是那些可恶的家伙已经把抽屉里的东西搜刮光了,我没有东西可以拿,觉得有点丧气。"

"可以想象。"

"所以我拿了夏加尔那幅画。"

"也许把它挂在那张柳条椅上面会很好看,卡洛琳。"

"也许吧。"

3

埃博尔·克罗住在河滨路上一幢战前盖的公寓楼里，出租车在大楼前停下，我们绕过转角走到位于八十九街的入口。门卫坐在入口处的走道上，姿势就像桥上的贺雷休斯①。他有一张黝黑的脸，身上穿着酒红色的制服，上面装饰的穗带比正规的海军少将还多。他穿着这身制服看起来就像海军少将一样威风。

他飞快地瞄了卡洛琳一眼，对我倒是从头到脚打量了一番。他似乎不以为然，听到我的名字也没什么反应。埃博尔·克罗的名字虽然没让他出现敬畏的表情，但至少降低了他的敌意。他按了对讲机的通话钮，对着麦克风简单地说了几句话，然后告诉我们可以上楼。

"11D。"他指着电梯说道。

---

①贺雷休斯（Horatius Cocles），公元前六世纪的罗马英雄，相传他与另两名志愿者在台伯河唯一的木桥上奋勇抵抗入侵的敌军，让其他人得以安全撤退。

很多这样的大楼都借着现代化的名义，为了减少管理费用而采用自助式的电梯了，但是埃博尔住的这幢大楼几年前就已经实行租用者共同管理制，这里的房客要求维持原来的水准。电梯里的服务员穿着和门卫一样的制服，只是没那么合身。他是个身材矮小、脸色苍白的年轻小伙子，那张脸就好像从来没有见过太阳，身上的味道可以用来证明广告在说谎，广告里保证说伏特加喝完不会在嘴里留下气味。但是他照样可以工作。他把我们送到高于海平面十层楼的高度，看着我们走到要找的房间，等着看主人出来欢迎我们进门。

他当然看到了主人见到我们时高兴的样子。

"亲爱的伯尼！"埃博尔紧紧搂着我的肩膀，大声向我打招呼，"啊！还有可爱的卡洛琳。"他放开我，然后紧紧地拥抱卡洛琳。"我真高兴你们来了。"他一边说一边招呼我们进了屋子，"已经十一点半了，我开始有点担心。"

"我说过，我们十一到十二点之间会来的，埃博尔。"

"我知道，伯尼，我知道。但是我还是从十点半就开始看表，而且好像每三分钟就看一次。不过，还是先进来！进来！随便找地方坐，我准备了很多好吃的，你们一定也想喝点什么吧。"

"没错。"卡洛琳回答。

他花了点时间把门锁好，把厚重坚实的狐狸牌门闩锁在门柱上。这家厂商也生产警察锁，我也有一个同样牌子的门闩，其特征是：五英尺长的钢条，四十五度角固定在深入地面的金属板与门的环扣之间。埃博尔的这个比较简单，但是也够坚固了，只要不是拿古代攻城时用的铁头原木，应该不可能把门撬开。锁有两英尺长，一英寸宽，是用精钢制成的，安装在门上，往旁边一推可以扣在门柱上。上次我来这里的时候，看到这房间另外一扇门上也有一模一样的锁，那扇门通往公共设施和载货电梯。

我想大部分的房客大概都不需要用这么牢固的锁，尤其是在这样门户森严的大楼。

但埃博尔有他的理由。

其中一个原因是他的职业。埃博尔买卖赃物，在高级稀有的邮票和钱币方面，他可能是全纽约地区最好的交易商。他也经手其他东西，比如珠宝、艺术品等，但是邮票和钱币是他最乐意收购的。

赃物买卖商自然也是小偷强盗们的目标。你可能认为，那些犯罪的人一定不会反咬一口喂养他们的人，但有时候事情没这么简单，通常买卖赃物的人一定有一些值钱的东西在手上，要么是刚收购的赃物，要么是做生意用的现金。最重要的是：他不能报警。所以我认识的赃物买卖商大都住在守卫严密的大楼里，门上通常不止一把锁，身边至少有一两把随手拿得到的枪。

另一方面，即使埃博尔不是干这行的，他很可能也会同样小心。第二次世界大战期间，他是在达豪集中营[①]度过的，当然不是在那里当卫兵。我能理解，有过这样经历的人多少会有点神精紧张。

埃博尔家深色木板装潢的客厅看起来富丽堂皇，里面摆满了书架。从西边往外看是河滨公园，还有流向新泽西的哈得孙河。一年前的七月四日，我们三个人就坐在这间屋子里，从这个窗户看烟火。那时收音机里正放着古典音乐，那节奏就好像配合着烟火。我们还一起吃了很多糕点。

现在我们和当时一样坐着，卡洛琳和我手上都有一杯苏格兰威士忌，埃博尔拿着一杯上面浮着鲜奶油的意式浓缩咖啡。广播电台正在播放海顿的弦乐四重奏，外面没什么好看的，除了高速公路上的车和公园里慢跑的人。难怪这么晚了我脚穿这种鞋子没有人觉得奇怪。

当海顿的音乐结束换上维瓦尔第的时候，埃博尔把他的空杯子放到一边，靠向椅背，双手交叠放在宽阔的肚子上。他属于梨形身材，双手和胳膊都很瘦，脸上也没什么肉，但是有一个可媲美圣诞老人的肚子，蓝色斜纹裤的大腿部分撑得鼓鼓的，这些特征源于他对甜点的热爱。

[①]达豪（Dachau）集中营位于德国慕尼黑市，是法西斯德国二战期间建立的第一个集中营。二战时期，这里死人数十万，罹难者多是犹太人。

据他自己说，大战结束之后他还没有发胖。有一次他告诉我："在集中营的时候，我脑子里成天想着肉和马铃薯，梦想着肥肉、香肠、烤牛排、猪排、鹿肉串烧。那时候我瘦得只剩皮包骨。美军来解救我们的时候，要我们称体重。天知道为什么，那些比较胖的人都声称自己的骨架比较大，有些人真的是这样。我当然是属于骨架比较小的，照他们说的，我只有九十二磅。

"当我离开达豪的时候，就下定决心一定要吃胖。我拼命吃，于是开始发胖，直到有一天我突然对肉和马铃薯再也没有了兴趣。我已经吃腻了。在集中营被枪托打落了牙齿，这可能也是我对肉类感到厌恶的部分原因。咬香肠的时候，我总觉得是在咬条顿人①肥胖的手指。但是对甜点我还是有永不满足的胃口，我想吃糖，我热爱甜点。知道自己要什么而且有能力得到它，还有什么事比这更令人满足？伯尼，如果我负担得起，真的会请人在家里专门为我做糕点糖果。"

喝咖啡的时候他已经吃了一块蛋糕，同时还拿出了一大堆甜点、糕饼请我们吃，我们都没有碰，宁可享受手中的威士忌。

"啊！伯尼，"他开口说道，"还有亲爱的卡洛琳，真

---

① 条顿人（Teutonen）是古代日耳曼人的一个分支，公元前四世纪时大致分布在易北河下游的沿海地带，后来逐步和日耳曼其他部落融合。后常以条顿人泛指日耳曼人及其后裔，或是直接以此称呼德国人。

高兴见到你们两个。但是夜已经深了，你带了什么来给我，伯尼？"

公文包就在旁边，我打开，拿出一册斯宾诺莎的《伦理学》，一七〇七年在伦敦印刷的英文版，蓝色小牛皮装订。我把它递给埃博尔，他拿在手上不停翻转，用修长的手指抚摩着光滑的皮面，审视了一会儿书名页，又翻阅了书的内容。

他说："听着：'有节制地进食；喜爱宜人的香味；享受新鲜花草、衣着、音乐、运动、戏剧以及其他类似场合的美，而不伤害到同伴，这些是一个智者应该具备的特质。'如果斯宾诺莎现在在这个房间里，我一定切一块蛋糕给他，相信他一定会喜欢的。"他又翻到书名页，"这本书不错。"他承认，"一七〇七年。我有一个更早的版本，是在阿姆斯特丹出版的，拉丁文版。初版是什么时候？一六七五年？"

"一六七七年。"

"我的那本应该是一六八三年出版的，如果我没记错的话。我手上唯一的英文版是人人文库出版，波义耳翻译的。"他把手指沾湿，又往前翻了几页，"这本书不错，有一些水痕，有些书页变硬了，但是总的来说很精美。"他又翻看了一会儿，然后用力把书合上。"我应该能在书架上找得到缝隙塞下它。"他不在乎似地说，"多少钱，伯尼？"

"这是礼物。"

"送给我的？"

"如果你在书架上找得到缝隙塞。"

他脸红了。"我真没想到，我太小心眼了，刚才还挑剔污损，好像要和你讨价还价。伯尼，你的大方让我汗颜。这真是一本装订华丽的精美小书，你要送给我，我太高兴了。你真的不要一毛钱？"

我摇头。"这本书是跟着一堆精装书进入店里的，那些书只有皮好看，没什么内容，是用来当装饰品用的。你无法想象，竟然有人会用精美的皮封套包着那些废物。但这种东西很好卖，那些搞室内设计的，出手时通常是论斤买。我在给一堆这样的书分类的时候，发现了这本斯宾诺莎，就想到了你。"

"你真是善解人意，谢谢！"他说，然后深深吸了一口气，再慢慢地吐出来，把书放在他的空杯子旁边，"但你不会只为一本斯宾诺莎就选择深夜来访，在这个时候到我这里来，你一定还带了别的东西吧？"

"事实上有三样东西。"

"这次当然不会是礼物。"

"不完全是。"

我从公文包里拿出一个小小的天鹅绒袋子递给他，他用手掂了掂重量，然后把里面的东西倒在掌心。那是一对水滴形的祖母绿耳环，样式简单却优雅大方。埃博尔从上衣口袋里拿出放大镜固定在一只眼睛上,他鉴定宝石的时候,卡洛琳起身走到放酒和甜点的柜子旁,又倒了一杯酒。埃博尔抬起头的时候,她早已回到椅子上,杯子里的酒只剩下三分之二。

"成色不错,有轻微瑕疵。东西很好,但是没什么特别之处,你对价钱有没有要求?"

"完全没有。"

"你应该把这留下来给卡洛琳戴。戴上给我们看看,卡洛琳。"

"我没有穿耳洞。"

"你应该穿的,每个女人都应该有耳洞和一对水滴形的祖母绿耳环。伯尼,我可以出一千块,我是按店面标价五千块估计的。真正的价格应该是接近四千,我顶多出一千,不能再高了。"

"那就一千吧。"

"成交。"他说着把耳环装回天鹅绒袋子,放在斯宾诺莎的《伦理学》上面,"还有其他东西吗?"

我点头,接着从公文包里拿出第二个天鹅绒袋子,这次是蓝色的——先前那个装耳环的袋子是酒红色的——也比先前那个大一些,而且系着带子。埃博尔把带子解开,从袋子里拿出一块女用手表:方形表壳,圆形表面,金色的网状表带。我不知道他连这个也要用放大镜看,他像刚才一样把放大镜挂上,仔细地看着表。

"皮亚杰。"他说,"现在几点,伯尼?"

"十二点零七分。"

"分秒不差。"对此我一点也不惊讶,我从保险柜里把表拿出来的时候就调过时间,"抱歉,失陪一下。我想看一下最新的目录。要吃什么自己拿,我有闪电泡芙、维也纳萨赫蛋糕、黑森林蛋糕。自己动手!我马上就回来。"

我动手拿了一个闪电泡芙,卡洛琳选了一块七层的巧克力蛋糕,我又倒了两杯咖啡和黄褐色的法国白兰地,这酒可能比我们还老。埃博尔回来看到我们在吃东西,脸上露出高兴的表情。他说:"目录上的定价是四千九百五十美元,比我想象的高。"

"我可以出一千五,"他说,"因为这货我要脱手很容易。满意吗?"

"满意。"

"到目前为止是两千五。你说有三样东西的,伯尼,前面这两样都是好货色,我希望没占你太多便宜。你真的不考虑自己留下来吗?我听说穿耳洞很容易,而且不痛。这块表戴在手上一定很优雅,卡洛琳。"

"我每次替狗洗澡的时候还得拿下来,太麻烦了。"

"这我倒是没想到。"他咧嘴笑了,"我该怎么办?把这两样东西先收起来,等你们两个结婚的时候再拿出来当礼物。我还得找适合你的东西,伯尼,不过反正结婚礼物其实就是给新娘的礼物,不是吗?你认为如何?卡洛琳,我是不是该把东西先收起来放在一边？"

"那你可能要等很久，埃博尔，我们只是好朋友。"

"也是工作上的伙伴？"

"也是。"

他抿着嘴会心地笑了，身子往后仰，双手再次交叠放在肚子上，露出期待的表情。我故意让他等。他耐不住性子，说话了："你说你有三样东西。"

"两个耳环，一块手表。"

"啊，是我误会了，我以为耳环只算一件。这么说，我现在欠你两千五。"

"我还有一样东西，也许你会想看看。"我故作随意地说，然后从公文包里拿出一个棕色信封，大约两英寸见方。埃博尔看了我一眼，从我手上接过信封。里面装着一个小小的树脂玻璃盒子，盒子里有一沓面巾纸。埃博尔非常小心地掀开面巾纸，他精确的手指动作是经常拿稀有钱币练出来的。只要有一点刻痕或抓痕就会大大降低钱币价值，而小小的手指印也可能会让钱币开始产生锈损，所以拿钱币的时候只能小心翼翼地捏住边缘。

现在，埃博尔用左手的拇指和食指小心地捏住的钱币，直径大约八分之七英寸，大概是两厘米多一点。总而言之，它的大小、颜色和形状就和五分镍币一样，差别只在于雾面的花纹和镜面般光滑的表面。

总之，它看起来就像五分钱的镍币，而且很可能就是。

只不过钱币正面没有托马斯·杰弗逊的头像,另外一面也没有他的房子。埃博尔首先看到的那一面上是个大大的 V,周围有一个上方开口的花环围绕;在 V 的正下方印着 Cents①,沿着花环则印着铸造国家的名称和箴言:上面是 United States of America,下面是 E Pluribus Unum②。

埃博尔很快地瞟了我一眼,用手指灵巧地把钱币翻了面。钱币的正面是一个女人的头像,她的脸朝左侧,头上的冠冕上有 Liberty③ 的字样,十三颗星星围绕着头像,头像下面印的是铸造年份。

"伟大的上帝!"埃博尔·克罗叫了出来,然后闭上眼睛,又说了一串我听不懂的句子,可能是德语也可能是其他语言。

卡洛琳用询问的眼光看着我,最后她问:"这到底是好还是坏?"

我告诉她我也不确定。

---

①英语,意为"美分"。
②拉丁语,意为"合众为一",是美国的国训。
③英语,意为"自由"。

4

他用珠宝放大镜把钱币的正反两面仔细地看了很久,始终没有再说一句话。接着他把钱币用面巾纸再次包好放进树脂玻璃盒子,塞入原来的信封,最后把信封放到桌子上。他吃力地从椅子里站起来,给自己倒了一杯营养师的噩梦——加了鲜奶油的咖啡,还拿了一大块甜点。他坐下来吃了一会儿甜点,吃到差不多剩下一半的时候,把盘子放下,啜了一口上面浮满鲜奶油的咖啡,然后瞪着我。

"好吧,这是真品吗?"他想知道。

"我刚刚偷到手,没法鉴定。我可以去找沃尔特·布林或是唐·塔克希作鉴定,但现在时间已经不早了。"

他把目光转到卡洛琳身上。"你对这枚钱币知道多少?"

"伯尼什么也没跟我说。"

"这是一个自由女神头像镍币,"他开始说,"美国政府是在一八八六年开始发行的。最初的设计是一个盾牌,一八八三年才改用这个设计。刚开始发行时，因为最初的版本反面没有 Cents 的字样，所以常常和其他单位的钱币混淆。有些聪明的人就想办法把镍币边缘的刻痕磨平，再铣磨仿造金币的花边，然后镀上一层薄金，最后当五块钱的金币用。"

他停了一下，啜了一口咖啡，用餐巾纸把上嘴唇上的鲜奶油擦掉。"这种镍币一直发行到一九一二年，"他继续说道，"到了一九一三年才被所谓的水牛镍币取代。刚开始水牛镍币的设计也有问题，镍币上水牛站的那片坡地太突出，使得钱币无法堆摞，后来虽然问题解决了，但是镍币上的发行年代却很容易磨损。总之，那个设计很差。

"其实你们也不需要知道这么多。最后一批自由女神头像镍币，或是人们所说的 V 镍币，是在费城、丹佛以及旧金山铸造的。"他又停顿一下，吸了一口气又吐出来，"今天晚上你带来的这个，上面的发行年份是一九一三。"

"那一定很特别！"卡洛琳在旁边说。

"没错。据我所知，一九一三年的 V 镍币只有五枚，显然是美国制币厂铸造的，虽然他们一直声称这五枚镍币根本不存在。

"很显然是这么回事：在决定更换水牛镍币之前，一九一三年的版模已经制造好了。据推测，他们可能试过版模，或者也可能是有事业心的职员自己先试铸了几个。总之，有五枚镍币从制币厂的后门走失了。"

他叹了口气，把一只拖鞋脱掉，按摩他的脚。"我身上肥肉太多了，据说这对心脏不好，我的心脏没说什么，倒是我的脚不断在抗议。

"题外话暂且放一边，先回到一九一三年。当时费城的制币厂有一个叫塞缪尔·布朗的职员，他不久后辞职搬到水牛城附近的北多那万达，并在当地的报纸上刊登广告要收购一九一三年的自由女神头像镍币。那时当然不会有人听说过这样的镍币，接着他声称自己购买到了。很明显，那些就是唯一见天日的五枚镍币。也许你们已经猜到了他是怎么弄到手的。"

"他从制币厂带走了那五枚镍币。"我说，"那些报纸广告只是虚晃一招，用来解释他是怎么拥有这些钱币的。"

埃博尔点头。"另外他也用这个方法让人知道那些镍币的存在。你对科洛内尔·爱德华·格林这个名字有印象吗？他的母亲是海蒂·格林[①]，也就是声名狼藉的华尔街巫婆，她的儿子得到属于他的钱之后，当然就养得起一些稀奇古怪的嗜好，收集钱币便是其中之一。他当然不会只拥有一个珍品就满足，一定是越多越好，所以他把塞缪尔·布朗那五枚一九一三年的 V 镍币全买下来了。一直到他死，钱币都没有转手。我相信他很珍惜这五枚镍币，他

[①]海蒂·格林（Hetty Green，1834—1916），她年轻时继承了巨额遗产，自己也通过操作股票获得极大的财富。她生前是美国最富有的女人，死时留下一亿美元遗产。

死后财产被分割，这五枚镍币被一个叫约翰逊的商人买走了。据我所知，他住在圣路易斯市或堪萨斯市。"

"这不重要。"我说。

"也许。"他表示同意，"总之，约翰逊先生把这五枚钱币转卖给不同的人。与此同时，有一个住在得州沃斯堡的商人，麦克斯·梅尔，他热切地想使一九一三年的V镍币成为美国百年来最有名的稀有钱币，于是到处刊登广告说要收购，出价五十美元一枚，并且暗示每个人都有可能在自己口袋里发现这样的镍币。他用这种方法吸引人来买他贩卖的钱币目录。不用说，销路当然很好。这样他也保障了一九一三年V镍币的将来。从来没有哪款美国钱币造成过这样的风潮，即使一个对钱币一无所知的美国人，也知道一九一三年的V镍币很值钱。事实上每个人都知道。"

我也知道。他所说的那些广告我还印象深刻，当时我还小，也是笨蛋群中的一个，因为我也订购了那本钱币目录。当然不会有人在自己的口袋里发现珍贵的V镍币，但我们很多人都开始收集钱币，其中一些因此组成了钱币爱好者协会，另外一些则变成了贼，专门在别人口袋里的零钱中寻找财富。

"而这些钱币的价值，根本没什么逻辑可言。"埃博尔继续说，"从好的方面来说它们就是试版模的样本，说难听一点是非法的幻想物。这样的钱币顶多值几千美元。美国铸币厂在一八八一年和一八八二年就用过不同的合金和不同的设计试铸过样本，有些和一九一三年的Ｖ镍币一样稀有，甚至更罕见，但是通常只要花几百美元就可以买到一个。一八八二年他们就铸造过一个一模一样的Ｖ镍币样本，用的也是同样的材料，只是上面的发行年份不同。它相当珍贵，理应比一九一三年的镍币还抢手，因为无论如何它是合法的，但是如果有人要卖，你也只需花几千美元就可以买下来。"

卡洛琳脸上的表情越来越兴奋，我知道为什么。如果其他的钱币一个可以值几千美元，而且跟我们的战利品比还只是小巫见大巫的话，那我们这回可赚大了。但是她还不知道究竟值多少，正等着埃博尔告诉她。

他故意要让她等，拿起盘子把蛋糕吃完，又端起咖啡来喝。卡洛琳也给自己倒了一杯白兰地，喝了一口。她看着埃博尔喝咖啡，然后把自己杯子里的酒一口喝完，握紧拳头，叉着腰，对他说："哦，快说吧！埃博尔，它究竟值多少钱？"

"我也不知道。"

"什么？"

"没有人知道。也许你该把它投到停车计时器里，伯尼，为什么你要把这东西带到我这儿来？"

"我没有车，所以不需要把它投进停车计时器。也许我可以在钱币中间打个洞，然后让卡洛琳当项链坠子挂在脖子上。"

"我真的希望事情有这么容易。"

"也许我可以卖给其他人。"

"谁会买？你要卖给谁？除了我，没有人出得起更高的价钱，伯尼。"

"这也是我把它带到你这里来的原因，埃博尔。"

"当然，当然。"他叹了口气，从口袋里抽出一条手帕擦拭着额头，"这个该死的钱币让我不知所措，它值多少钱？谁会知道它值多少钱？这种镍币一共只有五枚，如果我记得没错，其中四枚在博物馆里，只有一枚是私人收藏的。这辈子我只真正看见过一枚一九一三年的 V 镍币，大约十五年前，我遇到一个叫麦克德莫特的人，当时他拥有一枚这样的镍币。他很喜欢展示他的收藏，只要哪里有钱币展览会，一定带他的宝贝去展示。其他时候，他就把镍币放在口袋里，随时拿出来给人看。很少有收藏家像他这样，拥有一枚钱币就得到这么多乐趣。

"我记得这枚钱币再度转手的时候，值五万美元。之后又换过几次主人。一九七六年有一枚一九一三年的镍币卖了十三万美元，至于是不是麦克德莫特的那一枚，我就不清楚了。根据报道，最近又有一次私人交易，买主以二十万美元买下一枚一九一三年的镍币。"

卡洛琳举起杯子往嘴里倒，她似乎没有发觉杯子是空的。她出神地看着埃博尔，我从来没见过她的眼睛睁得像现在这么大。

埃博尔叹了一口气，问道："你们要卖多少，伯尼？"

"一笔超越了贪婪想象的数目。"

"很贴切的措辞，出自你自己吗？"

"出自塞缪尔·约翰逊①。"

"听起来是有那么一点文绉绉的味道。斯宾诺莎认为贪婪'虽然不能算是病，但也可说是一种疯狂'。你有没有疯狂到可以想象它的价值？"

"没有。"

"要给这东西估价太困难了，当初他们在拍卖约翰·沃克·加勒特的收藏品时，一个西班牙的金币就有人叫价七十五万美元。如果真把这枚镍币拿到拍卖会上，能卖多少？五十万？有可能。虽然不可思议，但是有可能。"

卡洛琳眼睛发亮。她又去倒了一杯白兰地。"你没办法拿去拍卖，"他继续说，"我当然也不能。这钱币你到底从哪儿弄来的？"

我犹豫了一下，然后回答："两个小时之前，它原本属于一个叫科尔卡农的人。"

"H.F.科尔卡农？我当然听说过他，但我不知道他有一枚一九一三年的V镍币。他什么时候买到的？"

"不知道。"

"除此之外，你还拿了他什么东西？"

---

①塞缪尔·约翰逊（Samuel Johnson，1709—1784），英国文学史上重要的诗人、散文家、传记作家，他编纂的《词典》对英语发展做出了重大贡献。

"只有那对耳环和那块手表。除了这些,他的保险柜里没有什么东西,只是一些法律文书和股票证券,那些东西我没动。"

"没有其他钱币?"

"没有。"

"但是——"他皱了一下眉头说,"他究竟是怎么保存这枚镍币的?用框架镶起来?还是放在特制的盒子里?"

"就是像我给你看的那个样子,摆在保险柜里。用面巾纸包着装在树脂玻璃盒子里,外面再套一个小信封。"

"很奇怪。"

"我也这么想。"

"真的很奇怪。他一定是刚买下不久,你在他家的保险柜发现的?他应该把这东西存放在银行的保险库才对。这是不是麦克德莫特的那一枚,你知道吗?或是哪个博物馆把它卖了?他们有时不会永久保留一样东西,他们不是只进不出,博物馆也有可能变卖收藏品,虽然他们喜欢管这叫消除添购品,又一个创新词语的例子。赫伯特·科尔卡农从哪里弄到这枚镍币的?"

"埃博尔,我甚至不知道他有这么一枚镍币,一直到我在保险柜发现它。"

"啊,当然。"他伸手去拿信封,把那枚价值五十万美元的镍币从面巾纸里再次拿出来,用放大镜仔仔细细地又研究了一遍,"我不认为这枚镍币是伪造的。市场上的确有赝品，他们拿一九〇三或一九一〇年的镍币，一九一一或一九一二年的也可以，想办法磨去上面的阿拉伯数字，然后从别的镍币取下数字焊上。这样做总是会留下痕迹，不过从这一枚上实在看不出来。除此之外，你也得先花几百美元练习。我几乎可以确定这一枚是真的。如果能用X光照照或是请专家鉴定，当然更好。"

接着他轻轻叹了一口气，说："时间不对，不然我甚至不用离开这幢大楼就可以确定它的真假。现在这么晚了，我们就先假设这枚镍币是真的，我可以把它卖给谁？该卖多少？我必须找到一个愿意匿名收购的人，而且他也必须明白他想再公开拍卖是不可能了。这一类的艺术品收藏家比比皆是，这种来路不明的艺术品似乎更能增加他们的收藏乐趣，但是那些收集钱币的买家不注重美学上的价值，他们只在乎拥有这样东西所带来的名声和利润。谁会想买这枚镍币？哦，当然大有人在，但是我该找谁呢？我能开价多少？"

我又给自己倒了一杯咖啡，本来想倒点白兰地进去增加它的分量，又觉得这样太糟蹋白兰地了，但转念一想，我刚捞到一枚价值五十万美元的钱币，何必这么小家子气，这样一瓶法国白兰地也不过三十美元。我倒了一些酒液在咖啡里，喝了一口，感到一股热流从嘴巴一直蹿到脚趾。

"你有三个选择。"埃博尔说。

"哦?"

"第一,你可以把它带回家,享受秘密拥有它的快乐,你只要想着它是你到手的东西中最值钱的一样,至少值二十五万美元,也许两倍,甚至更多。我现在握在手里,感觉真好,不是吗?只花了几小时的工夫,就可以随时享受拿在手上玩赏的乐趣。"

"其他选择呢?"

"第二,你今天晚上就可以卖给我,我付现金,干净的五十和一百美元钞票。你可以带着鼓鼓的钱包离开这里。"

"你付多少,埃博尔?"

"一万五千美元。"

"一枚价值二十五万美元的钱币你出价一万五千美元?"

他故意装作没听到。

"第三,你可以把钱币留下来,我想办法以最好的价钱脱手,然后我们五五对分。我需要点时间,但是我会想办法尽快脱手。也许我很快就会找到买主;也许这该死的东西已经买了保险,有些保险公司会设法购回赃物,而跟这些公司打交道就比较麻烦,有时不能太信任他们。如果科尔卡农是刚刚买下这枚钱币的,那很有可能还没有买保险;或许他从来就不给他的钱币买保险,因为他认为银行的保险库够安全,打算把这枚钱币也放进去。"

他摊开双手,深深叹了一口气。"也许,也许,也许,有太多可能性。我年纪大了,伯尼,把这枚钱币带走,不要让我头痛。我干吗要伤这个脑筋?钱,我有的是。"

"你打算卖多少?"

"我已经说过了,我也不知道。你要我说个大概的价码?我可以随便在空气中抓个数。就算十万吧,一个漂亮的整数。最后的价钱可能高出很多,也可能被压得很低,完全视情况而定。但是你要我说个数,这就是我刚好想到的数字。"

"十万。"

"也许。"

"我们分到的就是五万。"

"伯尼,你的心算很好,省得我拿纸笔。"

"如果我们今天晚上就拿现金的话?"

"我刚才说了多少?一万五。加上耳环和手表的两千五,一共是一万七千五。"他的心算也很好,省了拿纸笔,我们真是一对数学奇才。"这样吧,我们今天晚上就凑个整数。两万美元,我收下所有的东西。"

"或者两千五的现金,再加上一半你卖掉钱币的钱。"

"如果我能脱手。前提是:证明它是真的,而且有人要买。"

"这个怎么样:耳环和手表算三千,加上一半卖钱币的钱?"

他想了一下说:"这样的生意我不能做,伯尼。"

我看着卡洛琳。我们可以现在各拿一万然后离开，或是只拿这个数目的十分之一多一点再加上之后可能会有的更大财富。我想知道她怎么想。

"由你决定，伯尼。"

"我只是想——"

"你决定就行了。"

拿了钱就走，有个声音在我脑子里响着。拿现金，不要赊欠。一鸟在手胜过二鸟在林。这个在脑子里转的声音，说实在的没什么原创性，但是向来能击中要害。另外，我真的希望被别人知道，我只为了一万美元现金就把科尔卡农的镍币转手了吗？当我想到埃博尔可能卖了六位数的价钱时，我真的还会为这一万美元高兴吗？

我还可以在他所引用的斯宾诺莎的话里再加一句："骄傲、嫉妒和贪婪是让所有人类心中烈火燃烧的三个火苗。"这出自但丁的《地狱》，第六章。

现在我的内心有三把火在同时燃烧。闪电泡芙和白兰地就更不用说了。"我们先拿两千五。"我说。

"如果你需要时间再考虑一下的话——"

"我不想把时间浪费在考虑上。"

他笑了笑，突然又像个典型的慈爱善良正直的祖父了。"我马上回来。"他说，然后站起来，"我还有很多吃的东西，咖啡、酒你们自己拿自己倒。"

* * *

当他走到另外一间屋子的时候，我和卡洛琳又干了一杯，庆祝今晚的丰收。埃博尔回到客厅，手上拿着一大把一百美元的钞票，他数了二十五张。他希望我们不介意收一百美元面值的钞票。当然不介意。我跟他说，多多益善。他礼貌地笑了笑。

"当心我们的镍币！"我提醒他，"到处都有贼。"

"他们进不来的。"

"戈尔迪以为没有人能打开那个结①，记得吗？特洛伊人也上了木马的当。"

"还有'骄兵必败'是不是？"他把手放在我的肩膀上，要我放心，"我们的门卫警觉性很高，电梯二十四小时有人看守，你也看到我门上的锁了。"

"防火梯呢？"

"防火梯在大楼的正面，只要有人爬上来，街上的人都看得见。通向防火梯的窗户上面装有铁栅栏。我可以向你保证，没有人会从那里进来。万一哪天真的失火，我希望我能逃得出去。"他笑了笑，"总而言之，伯尼，我会把镍币藏在一个没人找得到的地方，而且不会有人知道现在镍币在我手里。"

---

①戈尔迪是公元前四世纪小亚细亚地区的一个国王。他把一辆牛车的车辕和车轭用一根绳子系了起来，打了一个找不到结头的死结，声称谁能打开这个难解的戈尔迪之结，谁就可以称霸亚洲。许多人慕名而来，都想试试运气，结果都无功而返，这个结一直就没有人能解开。到了公元前三世纪，亚历山大大帝拔出身上的佩剑，一下子就把这个死结斩开了。

5

　　我已经记不清楚为什么那天最后是在卡洛琳那里过夜的了。甜点、咖啡因、酒精以及足够一个月的紧张和刺激让我们有些兴奋过头，甚至有点醉意。幸好，这个时候我们不必做什么生死攸关的决定。我原本要她到我那里，好把钱分一分，但是她宁愿留在市区，因为第二天一早有顾客要带一只大型雪纳瑞到她店里。我们在西端大道叫不到出租车，就走到百老汇大街。最后我们搭出租车来到格林尼治村，到了那里出租车司机不但自己找不到阿伯巷，甚至连照着卡洛琳的描述开车都做不到。我们只好作罢，下车走了几条街。希望他不会随手花掉给他的小费，七十年后没准就赚到了。

　　到了卡洛琳那儿，我们把夏加尔的版画从我的公文包里拿出来，试着挂在靠着柳条椅的那一面墙壁上——这也是我跟她回家的原因之一，这样卡洛琳就不用把它拿在手上，而是放在我的公文包里运回来。画挂在墙上很好看，但是画框的颜色不对,于是她决定换了框之后再挂上。我数钱的时候,她又给自己倒了一杯睡前酒。我把她应得的部分给她,她挥挥手上的钞票,轻声对着钱吹口哨。"一个晚上就赚到这么多,实在不赖。我知道就偷窃来说,这不是什么了不起的数目,但是对一个平日靠洗狗讨生活的人来说,你知道我要洗多少条笨狗才能赚到这么多吗?"

"很多很多。"

"没错。嘿,你还欠我钱,还是连夏加尔的那张版画你也要和我算?"

"当然不是。"

"但你只给了我一千二,还少五十。我不是小气,但是——"

"你忘了我们的费用。"

"什么费用?出租车钱吗?去的时候你付钱,回来的时候我付,还有什么费用?"

"斯宾诺莎的《伦理学》。"

"我还真以为那是你从一堆旧书里翻出来的。你认为那本书应该值那么多钱,要和我分摊?也行。但是——"

"那本书是我花一百美元在五十七街的巴特费尔德买的,不用交营业税,因为我也是书商,可以再卖。"

她睁大眼睛看着我。"那本书花了你一百美元?"

"当然,怎么了?这价钱很正常啊。"

"但是你跟埃博尔说——"

"那本书是无意中发现的，几乎没花钱。我想他相信我的话，而且我也认为就因为那本书，那对耳环和那块手表为我们多带来了五百美元的财富。那本书让他不得不大方些。"

"有这种事？我对这行实在不太懂。"她说。

"没有人真的精通。"

"哪个贼会想到要买礼物收买销赃人？"

"哪个人听说过收购赃物的人会引用斯宾诺莎？"

"说的也是。你真的不来一杯睡前酒？"

"不要。"

"你事先就知道那枚镍币那么值钱吗？"

"知道一点。"

"到埃博尔家的路上，你还一副若无其事的样子。我是真的不知道那枚镍币那么值钱。"

"我只是外表看起来若无其事。"

"是吗？"她把头歪向一边，斜眼看着我，"我很高兴我们没各拿一万块了事。为什么不冒点风险呢？我又没有弟弟要开刀急着用钱。你觉得他需要多久才能把那枚镍币脱手？"

"很难说，也许一天，也许半年。电话迟早会响，他会告诉我们中大奖了。"

"但愿如此。"

她把一个哈欠忍了回去。"原本我以为今晚会有心情好好庆祝一下的,但是事情还没完全结束,对吧?这样也好,现在我也没什么力气庆祝了,而且明天一早我一定会宿醉头痛。"

"宿醉?"

"因为那些甜点。"

"甜点会让你宿醉吗?"

"除了甜点还能有什么?"她从沙发上抱起一只猫,把它放到地板上,"抱歉了,小子。妈妈要睡觉了。"她对猫说。

"你真的不睡床吗,卡洛琳?"

"你要怎么睡沙发?我得先把你对折,你才睡得进去。"

"我只是不想鸠占鹊巢。"

"每次你在我这里过夜,我们都得就此争论一番。等哪天我真的让你睡一次沙发,保证你会后悔。"

最后仍旧是我睡床她睡沙发。我穿着内衣裤上床,她穿着睡袍。尤比陪她睡沙发,另外那只缅甸猫阿齐一开始有点静不下来,仍然沿着墙壁绕,就好像牧场的主人在巡察篱笆,绕了几圈之后它也跳上床依偎在我旁边,开始发出呜呜的呼噜声。它打呼噜的技巧高超,不愧是练了一辈子的绝技。

卡洛琳喝的大概是我的三倍,所以不必花什么时间入睡,几分钟之后她的呼吸声告诉我她已经睡着了,再过几分钟她开始轻声地打呼。

我睁着眼睛躺在床上，后脑勺枕着手臂，把整个晚上发生的事在脑子里又转了一遍。埃博尔要花多少时间才能把那枚镍币卖掉？我们究竟会得到多少？夜盗科尔卡农家的行动已经结束了，而且我们全身而退，没有留下痕迹。没想到在我们之前已经有人先洗劫了那里，但我们却可以借此洗刷嫌疑。所有的赃物都脱手了，除了那幅不起眼的夏加尔的版画，在那片混乱当中也许他们根本不会注意到，就算注意到了又怎么样？那不过是二百五十幅中的一幅，再说谁会到卡洛琳这里来找？

第二天醒来，我还是把画放到了柜子里。我起床的时候已是九点半，卡洛琳早已吃完早餐、喂过猫，出门上工了。我给自己煮了一杯咖啡，吃了面包，把公文包放进柜子和夏加尔的版画一起。我不想把吃饭的家伙带到书店。早上阳光普照，空气清新，我决定步行到书店，不去挤地铁。当然也可以跑步去，我脚上本来就穿着慢跑鞋。但是我为什么要糟蹋一个美丽的早晨呢？我轻快地散着步，大口呼吸新鲜空气，悠闲地摆动双手，有时甚至发现自己在吹口哨，还是我毫无印象的旋律。

十点十五分左右我开了店门，二十分钟之后来了第一个客人，一个叼着烟斗的大胡子，买了几册英国历史书。然后我又卖了几本特价书桌上的书，接下来店里慢慢变得冷清，我拿起昨天没看完的书继续看。斯宾塞仍在想办法折磨自己,现在他正躺在运动器材的长板上举重练胸肌。我不知道那东西叫什么,反正就是那种可以用来练全身肌肉的综合运动器械。

十一点左右,有两个四十几岁的男人走进店里,身上穿着深色西装,脚上是笨重的鞋子。其中一个的络腮胡应该再剃得高一点,他走进了书店里面,而另一个一看就知道是假装在翻诗集。

我钱包里有从埃博尔那里得来的一千三百美元,再加上我平常随身带到店里,准备万一有人勒索应急用的一千美元。我希望店内抽屉里的钱就能打发他们,也希望那个留络腮胡的家伙外套下面鼓鼓的东西不是手枪——就算是,也千万不要是用来对付我的。我暗暗向圣约翰祷告,他是书商的守护神,他的画像在利泽尔先生经营书店的时候就挂在店里了。现在向圣狄司马斯祷告也没用,我是在卖书而不是在偷窃。

除了等之外我什么也不能做,他们也没让我久候。那个留络腮胡的从后面走到前面,另外那一个手上还拿着罗伯特·塞维斯[①]的诗集。我可以想象出他们其中一个对着我开枪,另一个朗诵《火葬山姆·迈吉》的场面。

他们同时到达柜台。那个塞维斯迷先开口说话:"罗

[①] 罗伯特·塞维斯(Robert W. Service, 1874—1958),著名作家、诗人,生于英国的普雷斯顿,后移居加拿大。下文中提到的《火葬山姆·迈吉》便是他的作品。

登巴尔？伯纳德·罗登巴尔？"

我没有否认。

"最好拿上外套跟我们走，我们想和你谈谈。"

"感谢老天！"我松了一口气。

你一定和我一样，猜到他们不是要抢劫，他们是警察。虽然警察偶尔也会抢劫，但是他们很少用枪口对着你，我也很不喜欢看到枪口。

"他很高兴见到我们。"那个留络腮胡的说。

另外那一个点头。"也许是解除了心理负担。"

"当然。也许他整个晚上被罪恶感折磨，现在只想招供。"

"没错，菲尔，他只是个不入流的小偷，现在他麻烦大了。看看他那副惨白的样子就可以猜到，他一定是和哪个暴力犯一起作案的。"

"你说得对，丹恩。唉，交友不慎。"

"这种事常有，现在他大概内心充满了悔恨。他会把同伙供出来，将罪行都推到同伙身上，然后坐在证人席上指证。这样他的罪行就会减轻。一个好律师加上积极配合的态度，我敢打赌，三年之后他又可以在街上逛了。"

"不用赌，菲尔，三年，最多四年。把店关了吧，伯尼，我们载你进城。"

一团迷雾终于渐渐散开。我真的松了一口气，还好不是抢劫。花了一两分钟我才明白，我被捕了。虽然这也不是什么愉快的事。他们俩在我面前一唱一和，完全无视我的存在，我显然成了菲尔和丹恩脱口秀消遣取乐的对象（菲尔是那个留络腮胡的，丹恩是那个爱好诗集的）。根据他们的脚本，听到他们的对话我的双脚应该发抖。

好吧，这招算是管用。

"到底什么事？"我好不容易开口问道。

"有人想跟你谈谈。"丹恩说。

"关于什么？"

"关于你昨天晚上在第十八街的那次小小夜访，你没有事先通知主人。"菲尔说。

该死！我心想，怎么这么快就找上门了。我的胃在翻搅，真是令人沮丧。如果有人控告你犯了一项罪行，而这的确是你犯的，你根本没有理由义愤填膺。

"跟我们走吧。"丹恩说着放下手上的诗集。我在心里暗自希望，他就姓麦格鲁①，而菲尔现在就对着他开枪。

我刚开张就要关门。"我被捕了吗？"我问。

"你想被捕吗？"

"不太想。"

"如果你主动跟我们走，我们也不需要逮捕你。"

听起来很合理。菲尔帮我把外面的特价书桌搬进店里，所以我猜丹恩的职位比他高。我锁上门，并且拉下铁

---

①麦格鲁（McGrew），出自罗伯特·塞维斯的一首诗，题为 *The Shooting of Dan McGrwe*。

门。如我所料，他们又在旁边说笑话。他们说做贼的也锁门，还说我不必担心忘了带钥匙之类的。真的很好笑。

他们的车是蓝白条纹的警车。菲尔开车，我和丹恩坐后座。过了几条街之后我问："我到底犯了什么罪？"

"好像你真的不知道似的。"

"是啊，好像我不知道似的，但确实如此，我真的不知道。你们要以什么罪名控告我？"

"他现在可镇静了，"丹恩对菲尔说，"表现得非常职业。刚才还那么紧张，但是现在很冷静。"他转过来对我说，"没有什么控告，哪来的控告？我们又没有逮捕你。"

"如果你们真的要逮捕我，要以什么罪名？"

"只是假设性的？"

"嗯。"

"一级窃盗和一级谋杀。"他摇摇头，"你这个可怜的家伙，大概从来没有杀过人吧？"

6

赫伯特和旺达并没有在宾夕法尼亚过夜。他们确实带着狗开车到了贝克斯郡,准备让它和那只冠军狗交配,但是他们把阿斯提德送到那里后,又开车回到纽约和赫伯特生意上的伙伴吃晚饭。饭后他们去剧院看戏,之后还去喝了点酒,一直到午夜才回到家,准备睡个觉,第二天早上再到宾夕法尼亚接狗。

他们回到家却意外碰到强盗,那些家伙抢走了赫伯特的现金和旺达身上的首饰,然后打算把他们绑起来。赫伯特想反抗却重重地吃了一拳,旺达看了开始大叫,结果头上也挨了几记重击。赫伯特看着她倒在地上一动也不动,这是他看到的最后一幕,因为他自己又挨了一拳,便失去了知觉。

他醒过来时发现自己被绑了起来,于是挣扎着解开绳索。旺达也被绑了起来,但是她没办法替自己松绑,因为她已经死了。她的脑袋受到重击导致头骨破裂,那显然是致命的一击。

"这一定是你的同伙干的。"山姆·利奇勒对我说。他似乎是负责办这案子的人。菲尔和丹恩把我带到警察局之后就交给他了。"我们知道你不是暴戾之徒，罗登巴尔，你向来单独作案，什么时候开始有同伙的？"

"我没有同伙，"我说，"我早已洗手不干了，现在是规规矩矩的生意人。我开了一家书店在卖书。"

"谁是你的同伙？天哪，你该不会是要袒护他吧？他可是让你倒大霉的人。我可以想象是怎么一回事：你已经洗手不干了，准备靠卖书过日子，"其实他根本没相信这话，只是故意安抚我而已，"但是这家伙说服你再干一票，也许你们说好由他料理一切，你只需要想办法开锁就行。你也想就干最后这么一遭，好熬一段日子等书店步上正轨。谁知道突然死了一个女的，你的同伙正高高兴兴地花他的钞票，你却一头栽进了马桶里。我劝你最好在有人拉绳子冲水之前，赶紧把头伸出来。"

"多恐怖的场面。"

"你要恐怖的场面，我可以给你看。"他打开桌子抽屉，在一堆纸张当中找出一张八乘十英寸的光面照片，上面是一个金发女人，身上穿着晚礼服，靠着一面墙半坐着，那房间看起来像科尔卡农家的客厅。她脚上没有穿鞋，脚踝被绑了起来，双手似乎也被反绑在背后。好在不是彩色照片，但就算是黑白照片也可以明显地看出，她发际变色的地方是被重物击中的,真的很可怕。我听卡洛琳说过旺达·科尔卡农是个美女,但是从这张照片上一点也看不出来。

"这一定不是你干的,对吧?"利奇勒说。

"我干的?这照片我连看都不敢看。"

"那就赶快说是谁干的,你的日子就会好过了。罗登巴尔,如果你找到一个好律师,甚至会没事。"说得好听。

"无论如何,我们一定会逮到你的同伙,不管你是否愿意合作。总有一天他会在某个酒吧里大肆吹嘘,耳朵灵敏一点的人听到就会来通风报信,我们便可循线索逮到他。或者科尔卡农会在档案照片中认出凶手。总之,我们会逮到他,区别在于如果你帮我们的忙,也等于帮了你自己。"

"听起来很有道理。"

"事实就是如此。你到底欠他什么?谁让你蹚这浑水的?"

"这问题问得好。"

"所以呢?"

"只有一件事。"我说。

"哦?"

"我不在场,我从来没听说过科尔卡农这个名字,我也没去过第十八街。接下那个书店之后我就不偷了。"

"你坚持这么说?"

"我还能说什么？虽然很巧，但这就是事实。"

"我们有证据证明你昨晚确实进了那房子。"

"什么证据？"

"我暂时还不能说，到时候你就会知道了。除此之外我们还有科尔卡农。我猜你当时一定没想到那女人已经死了，不然你大概也不会留活口，或者应该说你的同伙不会留活口。也有可能你们离开的时候她还没死，而是在她丈夫失去知觉的时候死的。验尸报告还没出来，但是科尔卡农可以指认出你和你的同伙。你干吗现在不说实话？"

"实话只有一种。"

"这么说你一定有不在场证明了？"

要是有就好了，但是你不可能什么都有。"我昨天晚上在家喝啤酒，跷着脚看电视。"我说。

"整夜都在家吗？"

他拉了一个小小的警报。"整个晚上。一直到看完十一点的晚间新闻我才出门。"我修正了一下。

"然后去撬科尔卡农家的门。"

"不是，我有约会。"

"跟某个特定的人？"

"跟一个女人。"

"跟那种你可以在夜里十一点随便探访的女人。"

"我们碰头的时候已经是半夜了。"

"她总该有个名字吧？"

"当然，但是我现在还不想说，除非万不得已。她是我整夜的不在场证明，因为我从午夜到早餐时分一直待在她那里。除非我没有别的选择，不然我不会让她的名字曝光，她和她的丈夫分居而且带着孩子，我不希望无缘无故把她扯进来。总而言之，我昨天晚上在她那里。"

他皱着眉想了一下。"你昨天夜里不在家，这个我们知道。"

"我不是说了嘛。"

"没错，我们清晨四点半的时候敲过你家的门，还派了人监视，你一直没有出现。但我还是不太相信你那个离婚女人的故事。"

"只是分居，还没离婚。"

"都一样。"

"你可以不相信。那就安排当面指认吧，我敢确定科尔卡农一定没见过我。那样我就可以回家了。"

"谁说过要指认这件事？"

"没人。你把我弄到这里来而不是到辖区警局，因为这里有很多档案照片。你大概都给科尔卡农翻过了，你们没有逮捕我，是因为他看了我的照片之后摇头。也许我太不上相，你们想让他看看本人，所以才把我带到这里来。现在你可以把我放到一排人里让他指认，他会告诉你同样的话。那我就可以回店里做生意了，店门关着是很难做生意的。"

"你真的确定他不能指认出你?"

"是的。"

"我不明白。"他说着站了起来,"来吧,跟我走,我们去散个步。"

我们沿着走廊来到一个装着毛玻璃门的房间前,门上没有任何标志。"我不确定是不是该安排一次当面指证,我必须和其他人商量一下,看看下一步该怎么做。你先在里面坐一下吧。"他边说,边帮我打开门。

我走进房间后,他便把门关上。房间里只有一把椅子,就放在一面大镜子前面。还好我妈没养一个笨儿子,我马上就知道他们为什么把我弄到这个小房间来。他们只想安排一次非正式的当面指认,万一今天指认不成,对将来要起诉我也不会有影响。

我知道那是一面单向镜。警方会带科尔卡农到镜子的另一面,在那里他可以看得到我,而我却看不到他。

对我来说,这没什么不好的。

事实上,我想了一下,觉得这对我来说很好。我决定让他好好地看我,然后百分之百确定从来没有见过我。所以我走向镜子,假装自己面前只是一面普通的镜子。要压抑自己别对着镜子挤眉弄眼做鬼脸实在有点困难,但我还是克制住了,我只是对着镜子整理了一下领带。

单向镜有个特性,如果你站近一点,还是可以透视到镜子的另一边,因为镜子的反光作用还在,而你看到的影像会像双重曝光的照片，不是很清晰。对面也是一个空房间，利奇勒正带着一个中年男子走进来。他身穿灰色西装，头上缠着绷带，肿包和血迹还很明显。

他走到镜子前面看着我，我也看着他。我很努力地控制自己不要眨眼睛、不要伸舌头、不要转眼珠或者做其他白痴的动作。我静静地注视着他。

他不是让人印象深刻的那种人。中等身材，五十五岁左右，椭圆形的脸，灰白的头发，嘴唇上方留着短短的胡子，胡子也已经灰白，微翘的鼻尖，小嘴巴，眼睛的颜色介于棕色和绿色之间。第一眼看到他，你会猜他是银行经理或是税务律师之类的人。他看起来不像刚失去一个漂亮老婆、拥有一枚价值五十万美元镍币的人，或者应该说他看起来就不像是会拥有这两样东西的人。

他看着我，我看着他。然后他表情严肃，像一只猫头鹰一样慢慢地左右摇头。

我没有笑，但是当他转向利奇勒，随他的手势走出对面的房间时，我高兴得露齿而笑，就像万圣节的南瓜头。几分钟之后利奇勒走了进来，我坐在椅子上正用一根钝头的牙签剔指甲。我神情愉快地抬头问他，现在是不是要当面指认。

"你很狡猾。"他说。

"什么意思？"

"把你的领带系好。没事了，没什么当面指认。罗登巴尔，你现在可以回家了。"

"你们已经知道抓错人了？"

"我不这么认为，我坚信昨晚的案子是你干的。我知道你昨晚在楼上开保险柜的时候，你的同伙在楼下对科尔卡农夫妇动粗，就因为这样，他才没有看到你，也无法指认你，你以为这样就能保住你的脑袋吗？打错如意算盘了。我们终究会逮到你的同伙，而且我们手上还有其他证据证明你涉案。现在你自作聪明，最后的下场会更惨。"

"我只是一个旧书商。"

"没错，你现在是。你可以滚了。你实在太笨了，不知道我们在给你机会。如果等一下你清醒了，可以打电话告诉我。但是不要拖得太久，如果我们先抓到你的同伙，他可能会把所有的事都推给你，那时我们就用不着你了。最后你会是在牢里待得最久的人。那女人被杀的时候你根本不在场，但那又怎样？你确定你现在不想把事实真相说清楚？"

"我已经说得很清楚了。"

"好，滚吧！罗登巴尔。"

走出警察局的时候，突然听到一个熟悉的声音在叫我的名字。"那不是伯尼·罗登巴尔吗？在警察局附近逛逛总会遇到一些意想不到的人。"

"哈啰，雷。"

"你也好啊，伯尼。"雷·基希曼斜眼看着我冷笑。他的西装一点也不合身，不过他向来就这样。其实依他收受贿赂的钱，完全可以买些像样点的行头。"真是个愉快的早晨，不是吗，伯尼？"

"很愉快。"

"可惜已经中午了。我刚刚和自己打了个小赌，赌他们会放你回家。"

"你知道这件案子？"

"当然，科尔卡农的案子。我知道那不是你干的。你哪有什么同伙？什么时候又用过暴力？除了那一次——"他用责怪的眼光看着我，"你把我给撂倒了。你还记得那次吗，伯尼？"

"我那时很紧张，雷。"

"我可记得很清楚。"

"我不是有意要伤你，我只想赶快逃走。"

"算了，算了。他们还是认定是你干的，利奇勒咬定是你。他想就算现在一时拿你没办法，但时间一长肯定可以找到更好的证据收拾你。"

我们就站在红砖建筑外的人行道上，看着广场对面市政府大楼的中央拱门。雷一手挡着风，一手点了一根烟，吸了一口，呛了一下，又吸了一大口。

"今天天气真好，真是舒服。"他说。

"为什么他们认为科尔卡农的案子有我一份?"

"你的犯案模式,伯尼。"

"你在开玩笑吗?我什么时候会把一个地方搞得乱七八糟,还留下一个烂摊子?我什么时候伤过人?我偷的时候如果不幸碰到主人回来,也只会赶紧逃跑。我什么时候会打破天窗进屋子偷窃?这些加起来就是我的犯罪模式?"

"他们认为,那些都是你的同伙干的。他们有证据证明有你一份,比如说,一只手套。"

"什么意思?"

"看这里。"他从外套口袋里拿出一样东西,用拇指和食指捏着,就像捏着一只死老鼠。

那是一只剪掉了手掌部分的橡胶手套。

"这就是你的证据?"

"他们的证据,不是我的。你的档案里写着:'戴着切除掌心部分的橡胶手套。'意思是说,你会剪掉手套的掌心部分,他们这帮写档案的人就是不爱用'剪掉'这个词儿。"

"天哪,他们在哪儿找到这东西的?"我问。

"就在科尔卡农家的花园里。"

"我可以看一下吗?"

"这可是证物。"

"就像灰姑娘的水晶鞋。"我说,然后从他手上接过手套试戴,"那我一定是灰姑娘的丑姐姐之一,因为我没办法戴上这手套。手套也有大小之分,这只根本不是我的尺寸。"

他仔细看了一下。"我想你说对了。"

我把手套还给他。"看好你的手套。你甚至可以告诉他们,这只手套的尺寸不对。他们可以开始找有一双小手的笨贼了。"

"我会告诉他们的。你要回店里了吗?我可以开车送你回去。"

"这也是你们的服务项目之一吗?"

"我只是顺路,老兄。"

这次我搭的不再是警车。我们在车上闲聊——棒球球员、垃圾车罢工、皇后区地方检察官办公室里的贪污。小偷和警察只要能忘了彼此的敌对关系,向来有足够的话题可以闲扯。其实这两种人有很多类似的地方,只是我们彼此都不愿承认。就像菲尔和丹恩,如果他们没穿制服,一点也不像警察。当他们走进书店的时候,我还以为他们是强盗。

雷把我载到书店门口让我下车,叫我要自己小心。他对我慢慢地眨了一下眼睛,然后开车离开。我动手开门,然后转身看他是不是真的走了,接着又把刚打开的锁锁上。现在有比开店做生意更重要的事要办。

我和那群杀了旺达·科尔卡农的强盗没有关系。她丈夫不是没办法指认我,而是确实没有见过我。如果他们的证物只是一只手套,那他们所谓的证据也只是个笑话。

但是利奇勒还是认为有我一份。而且说来好笑,一直到店门口,我才发觉雷·基希曼也这么认为。

7

卡洛琳和我通常会一起吃午餐。星期一和星期三我会带东西到她的店里吃，星期二和星期四她带午餐到书店，星期五我们会出去吃，通常是吃便宜的外国料理，然后我们掷硬币决定谁埋单。当然，其中一个人有事的话就自动取消。那天是星期三，卡洛琳一定猜到了我有事。中午我没出现，她肯定自己出去找东西吃了。狗美容院门关着，上面挂了一块牌子，写着"开门时间"，下面是一个可以转动指针的钟，指针指着一点半。

我到百老汇转角的咖啡店看了一下，她不在里面。店后头的墙上有一部公用电话，但是太惹眼了。我又过了一条街来到一家黎巴嫩餐馆，卡洛琳也不在那里。不过店里的公用电话看起来隐秘多了，于是我点了一杯咖啡和一个鹰嘴豆三明治。我其实不怎么饿，但是早上吃了一点面包之后到现在还没吃东西，想想也该吃点了。我把三明治几乎吃完了，喝下整杯咖啡，然后换了足够的零钱。

我先打电话给埃博尔·克罗。这时候可以在报摊上买到当天的《纽约时报》了，我不用翻开报纸就知道旺达·科尔卡农的案子一定占满了第三版，而如果没有什么要紧的新闻，比如南美杀人蜂来袭之类的，这件谋杀案还可能上头条新闻。

总之这事一定众所周知。不管通过什么媒体，埃博尔一定也知道这条新闻了。一件值六位数的赃物就够烫得让手起泡了，再加上谋杀案那就更烫手了。埃博尔无论如何也高兴不起来，我也没办法让他高兴，但至少我要告诉他，我们只是偷东西的小偷，不是杀人的强盗。

我让电话响了一二十声。硬币从电话里掉出来之后我又等了一分钟，然后再试了一次。人有时可能会拨错电话号码，电话公司也会有接错线的时候。

没人接电话。我是凭记忆拨的号，因为手边没有电话簿，我便打了查号台，确定我记的号码没错。我又小心地拨了一次，还是没有人接。我放弃了。也许他已经出门去卖镍币了，也许他又到他最喜欢的那家糕饼店买甜点去了，也许他正在睡午觉或者躺在浴缸里，也许他到河滨公园散步去了。

我又打了一次查号台，要他们帮我查另外一个号码：窄廊画室，地点在SOHO区的西百老汇。电话响了四声，我正在想今天下午大概找不到什么人了，就在这时候，我听到了丹妮丝·拉斐尔森沙哑的声音，她烟抽得太多了。

"嘿!"我说,"我们说好今天晚上一起吃饭的,对吧?"

"伯尼?"

"还会有谁?"

她停顿了一下。"我的脑子有点乱。"最后她说,"我在拼命作画,脑子大概有点糊涂。我们今天晚上真的有约吗?"

"是啊。当初是顺口说的,可能是太顺口了,你没当真。"

"我应该把它写下来的。总是忘记,抱歉,伯尼。"

"你有别的事吗?"

"有吗?如果我把和你的约会忘了,很可能也会忘记其他的事。我只知道今天晚上有个派对,杜鲁门和戈尔会来,希尔顿在他为《时报》周日版专栏写稿之前想看一下我最近的画,安迪说他要是遇到玛琳会顺便把她也拖来。你说如果你也像那些人一样,别人不用听到你的姓就知道你是谁,那会是什么感觉?我敢打赌,如果我叫杰姬,在达戈斯蒂诺超市签支票,人家还会要求看我的身份证呢。"

在电话里即兴说笑是她的专长。我第一次认识她就是在电话里,当时我在找一个艺术家,只知道他的姓。她告诉我应该怎么办,我们就这样聊了起来。事情通常就是这样开始的,从那时候起我们就偶尔见面,虽然交往不算频繁也很表面化,但这也不是什么坏事,也可称为一种人际关系。

"我在说什么？胡说八道！"现在她说，"你问我们今天晚上是不是说好一起吃晚餐，我就应该说，对！然后看你会怎么办。可惜我没有嗑药，不然就可以把脑筋迟钝归因于神经错乱。你信不信颜料也会释放毒气？"

"当然信。"

"好吧，我今天晚上有空，虽然我不记得我们有约。这有什么关系？我们约好在哪里见面了吗？"

"还没。"

"现在要约吗？"

"七点半左右，我直接到你那里怎么样？"

"为什么不行？"

"好，就这么办。"

"很好，要我煮什么好东西吗？"

"我们出去吃。"

"越来越中听了。也许到时我已经把画完成了，你就可以看到我的新作。'伯尼，七点半'，我记下来了，现在不可能忘记了。"

"我相信，丹妮丝。"

"我要特别打扮一下吗？"

"面带微笑，便服。"

"就这么说定了。"

* * *

我又试了一次埃博尔的电话,响了十二声没人接。已经一点半了,我走回卡洛琳的贵宾狗工厂,正好她有空当。"嘿,你终于现身了!"她大叫,"你没来,我就去你的书店找你,但门关着。我以为你去买午餐了,所以又回到这里,等了半天,你还是没出现。我还在想,你这该死的家伙!然后我就自己出去吃了。"

"不是去咖啡店,也不是去马蒙餐厅。"

"我去吃了咖喱,我想吃点辣的东西中和一下昨晚吃的甜点。天哪!该死的一早上。"

"很糟糕吗?"

"我头痛得要命。你能想象头重脚轻还得替一只大笨狗洗澡的样子吗?"

"不能。"

"算你好运。你去咖啡店和马蒙找我了吗?"

"嗯。"

"有什么特别的事吗?"

我实在不想毁了她这一天的心情,但是别无选择。"我只是要告诉你,你遗失了一只手套,"我说,"一只没有掌心部分的橡胶手套。"

"该死!我就知道!昨晚我摸口袋时就发现少了一只,口袋里的那只我把它扔了,但另外一只不知道跑哪儿去了,我想了一下,还是没告诉你。你在哪里发现的?你翻了我的垃圾桶？"

"我经常翻你的垃圾桶，刚开始有点变态，现在那已经成了兴趣。"

"是啊，事情通常就是这样开始的。"

"我没翻你的垃圾桶！你把它掉在花园里了。"

"真的吗？天哪！真该死，你怎么知道的？你该不会又回去了一趟吧？不可能，你不会这么做的。"

"当然不会，有人把手套给我看了。"

"谁会——"现在她终于明白了，"哦，警察！"她叹了口气。

"没错。"

"你被捕了？"

"不是正式的。"

"发生什么事了？"

"他们放了我，我的手比你的大，那只手套不合我的尺寸，而且赫伯特·科尔卡农不能指认出我。"

"为什么他要指认你？他又没见过你。"

"我敢说你今天中午还没看报纸。"

"早上我看了《纽约时报》，怎么了？"

"事情很复杂，"我说，"但是很重要，你最好知道整件事情。"

* * *

当我告诉她整个过程的时候,她的电话响了几次,她没接,而是把答录机打开,让想留话的人留话。我们的谈话中断了一次,有一个看起来有点忧郁,头上还戴假发的男人进来问美容的项目和价钱。如果他的狗长得像他,那他养的一定是巴吉度猎犬。

当我把整件事情说完之后,卡洛琳只是呆呆地坐在那里摇头。"我实在不知道该说什么好,伯尼,"她叹了一口气,"那只手套,我真的很抱歉,我真是太糟糕了。"

"这种事随时可能发生。"

"我只是想帮你的忙,现在我就好像沿路撒了面包屑一样。"

"小鸟会把它们吃掉的。"

"我简直不敢相信她死了,旺达·法兰德斯·科尔卡农真的死了?我不敢相信。"

"如果看到照片你就会相信了。"

她颤抖了一下,做了个鬼脸。"偷东西好玩,但是杀人——"

"我知道。"

"我不明白事情怎么发生的,那些强盗是在我们之前进去的?"

"没错。"

"他们翻箱倒柜把房子里的东西拿走,天知道发生了什么事。"

"没错。"

"他们又回去了吗？为什么？别告诉我说，歹徒真的又重返犯罪现场了。"

"他们想回去再偷一次。别忘了，我们也不知道科尔卡农会把阿斯提德留在宾州，我们也以为他们会在外面过夜。"

"说到这个，我也很抱歉。"

"没有必要，你怎么会知道。重点是，那些贼可能也这样认为。假设他们已经拿走了所有能拿的东西，然后从天窗离开，但是他们觉得保险柜里应该有贵重的东西，何况还有充裕的时间去找手电筒或钻孔机之类的工具。也许第一次进去的时候他们根本不知道有保险柜，所以没带工具，如果能找到适当的工具，又有一整个晚上的时间，为什么不再试一次？"

"这时候科尔卡农夫妇回家，刚好就碰上了强盗。"

"显然是这样。"

"如果是这样，那些强盗不会让他们说出保险柜的密码吗？"

"可能会，除非他们已经打开了。"

"如果他们已经打开了，干吗还在那里晃？"

"他们没在那里晃，他们要走的时候，科尔卡农夫妇刚好进门。"

"他们为什么不从之前进来的地方出去？我的意思是

说，从天窗。"

"你说得有道理。"我说，然后皱眉头，"总之，还有第三种可能性：在我们之后又有另一拨人进去。"

"又有人进去！到底有多少人知道那只狗要到宾夕法尼亚去配种？"

"也许最后进去的那些人不是真正的小偷，我猜可能只是几个小混混。他们在屋顶上闲荡，想看看有什么油水，后来无意中看到打破的天窗，于是进去看看。如果他们只是业余的小偷，那里还是有些东西可以捞的，那台收音机就可以换一小袋海洛因了。"

"那里至少还有电视机，二楼有音响。"

"你明白我的意思了。屋子里还是有很多好东西可以给小毛贼偷的，但已经没有多少现金了，有时候那些小混混对这种事很在乎。你知道那些街上的混混有多狠，万一他们抢的人身上没有钱，他们会怎么对付那个倒霉蛋。"

"这我听说过。"

"很可能是这一类的贼。我可以想象，一群不中用的混混从天窗进了屋子，拿了收音机、电视机，然后决定等主人回来，好搜刮他们身上的现金。"我继续循着这条线思考，最后还是放弃了，耸耸肩，"这不是很重要，接下来几个星期我得小心那些警察。不过我们基本上还是清白的，他们迟早会逮到凶手。这桩谋杀案已经引起注意了，利奇勒说得没错，到时候一定会有人在酒吧里走漏风声，而警察有线人，很多案子就是这样破的。"

"所以我们没什么好害怕的了。"

"没错，科尔卡农自然会认出杀他老婆的凶手是谁，他已经确定不是我了。他们盯上我只是因为一只橡胶手套，但是那只手套我根本戴不上，所以这案子怎么会是我干的？幸好，是你掉了手套，不是我。"

"这样想我可能会好过一点。"

"想想好的一面。幸好科尔卡农还活着，如果他们当初知道旺达死了，很可能也会将他灭口，那我可就死无对证了。"

"这我倒没想到。"

"我可想到了。"我拿起她桌上的电话，"总之我最好打个电话给埃博尔。"

"为什么？"

"告诉他我们没有杀人。"

"他一定知道。可惜我们没有看《邮报》，上面应该会写她什么时候被杀的吧？"

"也许。"

"听着，我们到达埃博尔那里是十一点半，我还记得他看那块皮亚杰表的时候，还跟你对过时间，是十二点零七分。科尔卡农夫妇回家遇上强盗是半夜以后的事，埃博尔一定知道那不是我们干的，你说对吗？"

"天哪，他是我们的不在场证明！"我大叫一声。

"没错。"

"老天！希望我们不需要他作证。想象一下，你因为窃盗被起诉，但是你却坚称那段时间你在收购赃物的人那里，要卖先前你从那屋子里偷来的东西。"

"你这样一说，听起来真的很奇怪。"

"可不是吗。"我又拨了电话，"我还是得打电话给他，把事情说清楚。也许他没有注意到时间，认为那女人是我们杀的。我不希望如此。"

"他会不会拒绝去卖那枚钱币？"

"为什么？"

"如果他认为我们杀了人——"

电话一直在响，我让它响着。"埃博尔是个赃物买卖商，"我说，"不是法官。总之我们没有杀人。我可以让他相信，只要他接电话。"

我把电话挂上。卡洛琳皱着眉头，然后说："这还是桩平常的生意，对吧？旺达的死没有改变什么，埃博尔几天或几个月之后就会把钱币脱手，我们会拿到钱，就好像这件谋杀案没发生过一样。"

"是的。"

"但是不知道为什么，我总觉得哪里不对劲。"

"卡洛琳，我们没有杀人。"

"我知道。"

"我们和她的死无关。"

"这个我也知道。那是别人干的,而且那些人和我们一点关系也没有。这些我都了解,伯尼,我只是觉得事情很奇怪。你认为我们会得到多少?"

"嗯?"

"那枚钱币。"

"哦,我不知道。"

"我们怎么知道他到底卖了多少?"

"他会告诉我们的。"

"我的意思是说,他会不会骗我们?"

"埃博尔?有可能。"

"真的?"

"听着,他是收购赃物的商人,"我说,"我可以想象,这辈子他一定撒过一两次谎,我不认为他会在乎再撒一次,如果他认为有必要的话。而且要对我们撒谎太容易了,因为我们根本无从查证。"

"那我们怎么相信他?"

"在某种意义上,我们不能。他不会绝对诚实,如果幸运也许他可以卖到五十万美元——纯粹假设。我猜他会告诉我们他卖了二十万,我们分到一半。那他可真的狠狠地敲了我们一笔,但是我们又能怎样?一个晚上的工夫就赚五万美元,我很难大发雷霆。"

"万一他告诉我们,他卖了五万美元呢?"

"那他说的很可能是真话。我猜只有在他卖到高价的时候才会骗我们,如果他卖的价钱很低,就没有必要撒谎。而且我们可以确定,最后我们得到的不会低于一万七千五百美元,因为当初他就出这个价,而且是付现金,他一定会想办法卖得比这个价钱还高,除非那枚镍币最后被证明是假的。"

"可能吗?"

"不可能。那枚镍币是真的。我的预测是,最后我们两个会各得五万美元。"

"天哪!我们要做的只是坐着等钱。"

"是的。在战争片里,最后那些德国军官通常会对战俘说什么?'朋友,战争已经结束了。'我现在就要去庆祝战争结束,我要去店里开张几个小时。你今晚有什么特别的安排吗?"

"我想到酒吧里转转,怎么了?要一起吃晚饭吗?"

"不行,我已经有约了。"

"跟谁?我认识的人吗?"

"丹妮丝。"

"那个画家吗?那个聒噪不休的女人。"

"她才思敏捷又有幽默感。"

"你才那么认为,伯尼。"

"我挑剔过你对女人的品位吗?"

"有时候。"

"几乎不曾。"我纠正她,然后站起来,"我要去卖我的书了,如果听到什么,我会再打电话给你。祝你和你的女同志们玩得愉快。"

"我会的。"她回答,"代我向丹妮丝问好。"

8

丹妮丝·拉斐尔森身材高挑修长,但是卡洛琳坚持用瘦巴巴、行动笨拙来形容她。她留着深棕色的半长鬈发,皮肤很白,长着几颗不显眼的雀斑,有双属于艺术家的蓝灰色眼睛,总是带着测量和评估的眼光看世界。这个世界对她来说就像连续不断的四方形框子。

窄廊画室是她的工作室兼住处,画廊的墙上挂满了方形的画,虽然都还没有框。画廊是在一幢带阁楼的建筑的三层,位于西百老汇,地处格兰德街和布鲁门街之间。它的名字来自阁楼的奇特外观:后面窄,前面宽。丹妮丝后来发现窄廊(narrow back)这个词带有轻蔑的含义,爱尔兰人用它来称呼移民到美国的亲戚。到现在为止还没有人能给她一个令人信服的解释,但是这个话题已经在布鲁门街酒吧激起无数次酒后讨论。

我欣赏着墙壁上的新作,自从我上次来这儿之后,她又创作了不少新画作,包括她今天一整天都在画的那幅。

我和她十二岁的天才儿子杰瑞德聊了几句，我给他带了一大堆特意为他留的科幻小说，我的店里不卖平装书，就算有也大多是批发给其他书商。他似乎很喜欢我带来的书，尤其是一本齐普·迪兰尼①早期的作品，这是他一直想看的书。我们进行了一场矫情的对话——一个男人和一个早熟、过度摩登的小男孩的对话。这男人偶尔会和小男孩的妈妈上床。

到SOHO区之前，我先回家梳洗了一番，换上便鞋、李维斯牛仔裤、舒适的法兰绒衬衫。丹妮丝穿着柠檬色的高领毛衣和名牌牛仔裤，腰后面的口袋上还有那个刚出名但已经上了年纪的设计师的名字。我记得品牌商标以前都是缝在衣服里面的，不是吗？

在画廊我们各自喝了一杯酒，然后就去了特里贝卡一家埃塞俄比亚餐厅，在那儿你可以自己带酒，点菜时可能要冒点险，因为你很可能读不出菜名。我们自己带了一瓶玫瑰葡萄酒，想试试看它是不是真的适合各种料理。果然适合，虽然不是很完美。我们点了菜，她叫了鸡肉，我点了龙虾。我们的酱完全一样，辣得可以让油漆起泡。另外还附上像小比萨一样大小的松软面包，我们把面包撕成小块，蘸着辣酱吃。为了忠于原始风味，整个纽约又重新开始学习像小孩一样吃东西。

---

①齐普·迪兰尼（Samuel Ray Delany, Jr., 1942— ），美国作家、文学批评家，齐普（Chip）是他的绰号。

吃完晚餐后,我们坐了一会儿。出了餐厅又在外面晃了一圈,然后就到伍斯特街的一家爵士乐俱乐部听音乐。我们喝了几杯威士忌,丹妮丝抽了一整包弗吉尼亚薄荷烟。我又试了一两次埃博尔的电话。然后我们往北边走了一段,刚好赶上兰斯·海沃德①在"村角"俱乐部十点钟的表演。

丹妮丝认识他,所以表演完之后我们又和他聊了一会儿。从聊天中我们得知,我家附近新开了一家俱乐部,里面有个钢琴师的演奏绝对不能错过。其间我又拨了一次埃博尔的电话。我们和兰斯又很快地喝了一杯,然后就叫了一辆出租车。

那家新俱乐部在哥伦比亚大道上,钢琴师是个年轻的黑人,他让我想起一张已经很多年没听的莱尼·特里斯塔诺②的唱片。听完演奏之后我们叫了一辆出租车回我那儿,到家后我把那张唱片翻了出来放上。我们喝了一杯睡前酒,把所有的衣服丢在地上,然后上床。

我一点也不觉得她瘦巴巴、行动笨拙,而是热情、温柔又灵巧主动。古怪的音乐和声、非传统的节奏,一点也不影响我们的身体游戏,如果有也只是让我们多了些不成调的疯狂。

---

①兰斯·海沃德(Lance Hayward, 1916—1991),美国爵士钢琴家。
②莱尼·特里斯塔诺(Leonard Joseph Tristano, 1919—1978),美国爵士钢琴家、作曲家和爵士即兴演奏教师,盲眼的他是近代爵士乐重要的理论家。

唱针跳了一下，正要第三次重放的时候，她打了个哈欠，伸了个懒腰，又拿了一根不能不抽的烟。她点燃香烟，嚷着要回家。

"留下来。"我要求。

"我没跟杰瑞德说我不回家，我原以为我们会到我那儿去。"

"如果他醒来没看到你会怎样？"

"那他会知道我在你这儿。但是通常如果我要在外面过夜，都会打电话回去，现在太晚了，我不想把他吵醒。"

我考虑要不要给埃博尔再打一次电话，但是我实在懒得动弹。

"我想我还是留下来好了。"她考虑了一下说，"你不会介意我换张唱片吧？"

"当然不介意，你自己挑张喜欢的吧。"

她走到唱机前弯下腰，赤裸的臀部侧斜着朝向我。瘦巴巴？行动笨拙？胡说八道。

当她回到床上时，我用一只手臂环抱住她，轻声地对她说我真高兴她留下来。

"我也很高兴。"她说。

"你说你昨晚去看电影了？"

"我带孩子去看伍迪·艾伦的新片。"

"你很喜欢，但是小孩子认为太肤浅了。"

"没错，这个自以为聪明的小子。"

"看完电影之后呢?"

她伸展了一下身体,然后看着我说:"又去跳了一会儿舞,除此之外没做什么。怎么了,有什么不对吗?"

"这么说,你昨天晚上看完电影以后就和杰瑞德回家睡觉了?"

"是啊,路上我们去买了冻酸奶,就是这样。怎么了?"

"你几点上床睡觉的?"

"十一点左右吧,也许更晚一点。"

"听我说,也许没有人会问你,但是万一有人问我昨天晚上是不是在你那里,你就说我大概午夜时到的,那时孩子已经睡着了,而我一直待到清晨才走。"

"啊,我明白了。"

"明白什么?"

她坐起来又点了一根薄荷烟。"我现在终于明白,为什么你今天下午打电话给我。"

"别瞎猜!"

"哦?你昨天晚上一定又到哪里去偷了。现在需要一个不在场证明,就想到心地善良的丹妮丝。我还以为你真的洗手不干了,你不是对我发过誓吗?唉,小偷发的誓算什么!心地善良的丹妮丝,人家请你出去吃饭,灌你几杯,带你上俱乐部,然后友善地和你上床——"

"别再说了!"

"为什么？事实不就是这样吗？"

天哪，我为什么要提这个？我怎么一天到晚都遇到麻烦事。

"你错了，丹妮丝，"我说，"你现在很生气，也许听不进我的解释。下午我打电话给你，是因为我们今天晚上真的有约。"攻击是最佳的防守。"别把你的记忆力不好怪到我身上。你的记忆力不好，我能怎么样？"

"我没有——"

"我真的已经不偷了。我也不是真的有多大的麻烦，只是昨天晚上有人作了案，用了我惯用的手法，也戴了橡胶手套。警察在现场发现了一只手套，便怀疑我涉案。可惜我没有不在场证明，因为昨天晚上我独自在家，不知道我需要一个不在场证明。如果你没有打算犯罪，当然就不会事先准备不在场证明。"

"这么说，你昨天晚上只是一个人坐在电视机前？"

"实际上，我在看斯宾诺莎的书。"

"这种答案，我看除了你大概没有人想得出来。"她用她艺术家的眼睛盯着我，"我不知道是不是该相信你的话，到底哪一家被偷了？哦，等一下，该不会是今天报上登的那一家吧？在切尔西，有个女的还被杀了。"

"就是那个案子。"

"那不会是你干的吧，伯尼？"她用审视的眼神看了我很久，然后用两只手拿起我的一只手，仔细地看我的手指。"不会的，"她像是在对自己说，"你很温柔，你绝不可能杀人。"

"我当然不可能。"

"我相信你。你说他们发现了一只手套，那表示你有麻烦了吗？"

"也许没有。他们说不定在几天内就会抓到凶手，只是在这段时间内如果有人帮我作证——我说的是真的——我就可以省一些事，免得他们一天到晚盯梢。"

她问我，我跟他们说了些什么。我把我对利奇勒说的话告诉了她。

"你没有告诉他们我的名字，"她说，"很好。所以我不会被牵扯进去，只要他们不继续找你麻烦。"

"没错。"

"你为什么不告诉他们实情，你就是在家看电视？"

"我对警察说谎说习惯了。"

"哦？"

"旧习难改。"

她探过上半身，把烟头按熄在床头桌上的烟灰缸里。她这时的姿态看起来非常撩人，我伸手抚摸她。瘦巴巴？行动笨拙？

"我觉得自己好像被操纵了，"她懒洋洋地说，"而且有点被欺骗的感觉。"

"也许有那么一点点。"我承认。

"没有人是完美的。"

"是啊,大部分人都这么想。"

"我现在有点困了,但是还想……艾灵顿公爵①的音乐真好听,你不觉得吗?你不是贼吗,为什么不过来偷我的吻?"

"只有老天爷才知道那会发展成什么样。"

"他不是唯一知道的人。"

---

① 艾灵顿公爵,本名爱德华·肯尼迪·艾灵顿(Edward Kennedy Ellington,1899—1974),美国爵士乐作曲家、钢琴演奏家。

9

清晨七点左右,我醒来开门让她回家。我的门上有太多的锁,她弄了半天都出不去,我帮她把所有的锁打开,说我会再打电话给她,然后我们交换了一个短暂的吻,是那种一方或者双方一段时间没有刷牙而送出的礼貌性的吻。

她出门之后我又把门锁上,然后进浴室刷牙,顺便吞了几颗阿司匹林。我考虑了一下要不要吃早餐,最后还是放弃了,决定再躺一会儿,让阿司匹林产生效用。

我的下一个知觉是一阵急促的敲门声,起先我以为是丹妮丝忘了什么东西,但是听起来不像她,也不像赫施太太。赫施太太是我在这幢冷冰冰的大楼里唯一的朋友,她偶尔会过来看看,请我过去喝杯咖啡,然后向我抱怨大楼的管理,比如洗衣机、脱水机坏了又没叫人修理,等等。赫施太太是个个子很小的老太太,她不会这样用力拼命敲门。

又敲了几下。我站了起来,脑筋渐渐变得清楚。一定是警察——清醒之后我马上就明白过来,除了警察没有人会这样敲门,就好像你早应该在门口等候、恭迎。

我走到门边问是谁在敲门。"不会是圣诞老人。"我听到一个熟悉的声音,"开门,伯尼。"

"哦,该死。"

"这是什么态度?"

"你来得不是时候,"我大声说,"五分钟之后,我们楼下大厅见。"

"为什么你不在十秒钟内就开门?"

"我还没穿好衣服。"我没好气地说。

"那又如何?"

"给我一分钟。"

到底几点了?我找到手表,九点多。这表示我又不能准时开店做生意了,可能又要少赚几块钱。当然,要是你刚偷了一件值六位数的东西,就不会太在乎那几块钱,但是门面总要保持。

我随便套上一件衣服,用冷水冲了一下脸,把窗户打开让新鲜空气进来,然后再次把所有的锁打开。雷·基希曼看着锁直摇头,进门的时候差点被门槛绊倒。

"看你这些东西,"他说,"你这些安全措施也真够瞧的,伯尼。"

安全措施。除了警察,其他的普通人会说那是锁。

"小心一点总不会错。"我说。

"话是这么说。你又加了一把新锁,对吧?是不是年纪大了开始有妄想症了?"

"听着,这附近最近经常遭窃,光这幢大楼就发生四五次了。"

"你这儿门口不是有管理员吗?"

"他不是特务机关出身的。"我回答,"对了,一定是我没听到他按铃通知你要上来。"

"是我叫他不要麻烦的,伯尼。我告诉他只不过是有一点小事要找你,就直接上来了。"

"你告诉他你是圣诞老人吗?"

"为什么?"

"因为那是圣诞节时得关照他的人。至于从我这儿,他是连一块煤炭也得不到了。"

"很好笑。你昨天晚上有客人?"

"这一定不是管理员告诉你的。"

他看起来很高兴。"我是警探,"他说,"我只是察觉到了而已。你看,伯尼,烟灰缸里这么多烟蒂,你又不抽烟。两个玻璃杯,两边的床头桌上各一个。如果她躲在浴室里,你可以叫她出来加入我们的派对。"

"可惜她回家了,但是我相信她会感谢你的邀请。"

"她已经走了?"

"没错,你晚了几个小时。"

"太好了,谢天谢地。"

"什么?"

"现在我可以用你的浴室了。"

他从浴室出来的时候,我正喝着橙汁。现在清醒多了,虽然脑子还不是完全清楚。

"你该不是为了上厕所才到我这里来的吧?"

"别开玩笑了,伯尼。我只是想来看看你,我们现在见面的机会实在太少了。"

"我知道,那是很久以前的事了。"

"好像只在有人被杀的时候我才能见到你。昨天整夜都有人陪你,不赖嘛。一连两个晚上。"

"前天夜里我在她那里。"

"同一位女士,是吧。"

"没错。"

"真舒服。"

"雷,我很高兴见到你,"我说,"但是我今天睡过头了,我得到店里去,所以——"

"我知道,生意第一,对吗?"

"是的。"

"这个我清楚。伯尼,要不是为了公事,我也不会跑来这里。谁会有时间在这时候进行私人应酬?"

"没错。"

"我想你已经有昨晚的不在场证明了。那位抽烟很凶的娇小女士。"

"她一点也不娇小,有人甚至形容她高大、行动笨拙。我已经跟利奇勒说过了,除非万不得已,我不会告诉你们她叫什么。比如万一我被迫得上法庭,不然——"

"那是前天晚上科尔卡农的案子。我现在说的是昨天晚上的事。"

"昨天晚上发生了什么事?"

"告诉我实话,最好从我送你回书店之后说起。那大概是中午左右,接下来呢?"

"昨晚到底发生了什么事?"

"你先说吧,伯尼。"

他很仔细地听我说,我几乎看到他脑子里的方向盘在转。雷·基希曼虽然收贿,但其实是个很不错的警察,说他是可以收买的最好的警察,不是没有理由的。

他听我说完之后,皱着眉,喷了一下舌头,打了一个哈欠。他认为我的不在场证明听起来相当不错。

"这不是不在场证明。"我说,"这就是我昨天做的事。不在场证明是要证明某件事发生的时候你不在现场,那事不是你干的。"

"没错。"

"到底发生了什么事?"

"你的一个朋友被杀了。至少他曾经是你的朋友,在你还没经营书店之前。"

我打了一个寒战。虽然有很多可能性,但是我马上就知道他指的是谁了。

"一个一流的赃物买卖商,或者是报上所说的恶名昭彰的赃物收购商。他们用了'据称'二字,因为他从来没真正被逮捕过。昨天有人闯进他的屋子,把他杀了。"

10

"你没有嫌疑。"雷对我说,"承办这件案子的人中,没有人想到你。今天一早我到办公室,听到克罗的案子,首先就想到了你。我对自己说,昨天我才见到老朋友伯尼·罗登巴尔,今天他的一个老朋友就被杀了。克罗的死和那个科尔卡农太太的死有一个共同点:都是被钝物重击致死。所以我就想,你也许知道内情。伯尼,说实话吧。"

"我什么也不知道。"

"好吧,那你有没有别的线索可以提供?"

我们又坐上他昨天送我去书店的车子,而且这一次又是开往书店。我告诉雷自从上次和一个朋友在埃博尔·克罗家看烟火,已经快一年没看到埃博尔了。

"是啊,那儿视野很好,"他说,"在来找你之前我顺便过去看了一下。从客厅的窗户往外看,可以看到新泽西。我们就在客厅的窗户边发现了尸体,那可怜的身体缩成一团。你说你在去年七月四日以后就没再见到他了?"

"我们还通过几次电话,但也是很久以前的事了。"

"昨天傍晚六点半左右,一个邻居太太去按门铃,克罗没应门,邻居太太开始感到不安。她去问门口的管理员,管理员说他不记得看到克罗出门。像那样的老人是会令人担心的,万一心脏病发作,或跌一跤什么的。毕竟他已经七十一岁了。"

"我还不知道他有这么大年纪了。"

"是的,他已经七十一岁了。管理员自己上了楼,或者叫了其他人,电梯管理员什么的,想设法撬开门,当然是白费力。想想克罗的那把锁——就像你的——差别只是,他的锁是另一种型号,附有水平门闩。"

"我知道。"

"哦,真的吗?从去年七月到现在,你还那么清楚地记得他的锁。"

"是你提醒我的。别忘了,因为过去职业的关系,我对锁特别留意。"

"这个我明白。他们会怎么做?用力敲门,但没有人回答。只好叫警察,警察能怎样?他也只能想办法把门撬开。他当然拿那把锁没办法,终于有人想到一个好主意:找锁匠来。他们总算找到锁匠而且那人肯来,等到锁匠最后把门打开,已经差不多十点了。"

没错,在这之前我还试着要打电话给埃博尔。如果他们早点把门弄开,接电话的一定是警察。

"他们进门的时候,那老头已经死了,"雷继续说,"但是没有人想到他竟然是被谋杀的。"

"确定是被谋杀的?"

"毫无疑问。法医当场就确定了。你不需要专业的医学知识就能看出来。不是只有一击,伯尼,凶手在他的脸部和头部狠狠地敲击了好几次。"

"天哪。"

"死亡时间还没确定,但是我们推算应该是昨天中午到下午这段时间。昨天中午我载你回书店之后,你确实有足够的时间到克罗那儿把他打死,然后再赶回书店做生意,但是我们两都很清楚,那不是你的作风。除此之外,我注意了你的表情,当我告诉你克罗死了的时候,看得出来你是第一次听到这个消息。"

到第三十七街的时候,红灯亮了,雷踩了刹车。"怎么会这么巧,"他说,"先是科尔卡农,现在是克罗,两个都是头部受重击死亡,而且发生在二十四小时之内,甚至可以说是十二小时之内。"

"克罗的房子也被洗劫了吗?"

"不清楚。至少屋子里没有被弄乱,就算有人拿走了什么东西,也不是一眼可以看得出来的。我虽然晚到了,但是屋子里看起来很整齐,也许凶手早知道他要找的东西藏在哪里。克罗在家放了很多现金吗?"

"我怎么会知道。"

"你当然知道。现在暂且不谈这个。也有可能只是普通的抢劫杀人案,歹徒要挟老头,要他把现金拿出来,之后又把他杀了,当然也有可能凶手为了某个特殊原因把老头杀了。他有什么仇家吗?"

"没听他说过。"

"也许他骗过什么人,昨天仇家找上门了。人要是活到七十一岁,难免会在一生中得罪什么人。"

"他是个好人,为人亲切,喜欢吃甜点,喜欢引用斯宾诺莎。"

"而且喜欢从别人那儿收购不属于他们的东西。"

我耸耸肩。

"科尔卡农的案子是谁干的?"

"我怎么会知道。"

"伯尼,你一定和这件案子有关。科尔卡农的案子和克罗的案子之间,也一定有什么关系。"

"怎么说?"

"有一个可能:老头提供情报让人去偷东西。收购赃物的人常会干这种事,先找到可观的猎物,再让人去偷。也许这件案子就是这种情况,分赃的时候起了冲突。旺达·科尔卡农的死太惹人注意,老头拒绝收购赃物,或者不愿付当初讲好的价钱。"

"不是没有可能。"

我们就这样反复想象各种可能性,直到雷把车停在书店门前。车子经过卡洛琳的店时,我看到店门已经开了。我正要向雷道谢,他把一只厚重的手压在我的肩膀上。

"伯尼,你一定知道什么,只是不肯说。"

"我只知道开旧书店要赚钱很不容易,如果又不能开门做生意的话,就更别想出头了。"

"别忘了,凶手还逍遥法外。先是旺达·科尔卡农,现在又杀了克罗,这个凶手很危险,不用我说你也应该知道。"

"我能怎样?"

"我们迟早会逮到凶手,但是现在科尔卡农的东西可能散落在各处,谁知道还有其他什么可以拿的,伯尼你向来手痒。"

"我不知道你到底想说什么。"

"你当然不知道。我只有几项建议:如果你知道凶手是谁,或是听到什么风声,先通知我,可以吗?"

"好啊。"

"我要亲手逮捕那家伙。克罗是个不错的老家伙,虽然我只见过他两次,两次我们都没有足够的证据可以逮捕他,但他确实是个好人,非常慷慨。"换句话说就是:贿赂金不少,"还有——"

"哦?"

"伯尼,在这个事件里,钱一定是个重要因素。我对钱特别敏感,你知道我的意思。虽然我闻不到钱的味道,但是感觉得到它的存在,它就像飘浮在空气中。你懂我的意思吗?"

"我知道。"

"就像要下雨之前的感觉,就是那种感觉。伯尼,如果真的开始下钱雨,最好别忘了你还有一个伙伴。"

11

十二点十五分左右,卡洛琳带着在马蒙餐厅买的午餐过来,我们各吃了一个炸鹰嘴豆三明治,合吃了一份烤青椒,又喝了一大杯加糖的薄荷茶。这时卡洛琳突然想起前一天因为吃了太多甜点导致头痛、胃肠不舒服的事,连带想到了埃博尔。她大声询问埃博尔现在可能在吃什么,我们说话的时候他一定又在往嘴巴里塞什么好吃的。

"他什么也不能吃。"我说。

"你怎么知道?"

"他已经死了。"我说。她坐在那里瞪大眼睛看着我,我告诉了她我从雷·基希曼那里听到的消息。他要我记得我还有一个伙伴,我确实记得。但不知为什么,我并没有直接到贵宾狗工厂找卡洛琳,因为不想坏了她一天的心情,所以我开了书店的门在店里耗时间。我想她会带午餐来,到时候再告诉她好了。她果然带着午餐来了,我故意拖延了一点时间,免得坏了胃口。现在既然她提到了,我就全盘说了出来。

她全神贯注地听着,额头上的皱纹越来越深。我说完了之后,有几分钟时间我们彼此述说着埃博尔是个怎样的好人,他会被杀实在是件不可思议的事,最后她问我是谁干的。

"不知道。"

"你觉得杀他和杀旺达·科尔卡农的凶手会不会是同一个人?"

"我看不出关联。警方没有怀疑科尔卡农家的窃案和埃博尔的死有什么关联,只有雷这么想,他认为这两件案子之间一定有什么关系。但是科尔卡农和埃博尔之间唯一的关联就是我们,而我们和凶手一点关系也没有。所以西十八街的房子和河滨路上的公寓之间没有关联,除了我们从前面那个地方拿了东西,然后把东西带到后面那个地方。"

"也许这就是关键。"

"那枚钱币?"

她点头。"我们离开十二小时之后他就死了,也许有人为了那枚钱币把他杀了。"

"什么人?"

"我不知道。"

"谁会知道他手上有那枚钱币?"

"想买那枚钱币的人。"

我仔细想了一遍。"有可能。假设他昨天早上起床之后打电话给某人，要他过来看钱币，那家伙到了埃博尔那里，看了钱币很满意——甚至觉得非拥有它不可。"

"但是他买不起。"

"没错，价钱太高，他买不起，但又一定要得到它，所以起了邪念，就顺手拿起重物——什么样的重物呢？"

"谁知道？书挡，也许。"在目前的环境下，她很自然会想到这东西。不久前，就在这里，有个歹徒拿手枪指着我，她顺手拿起我放在架子上用来分隔哲学和宗教书籍的铜制康德胸像，狠狠地敲了歹徒的头。

"书挡，有可能。"我同意，"他起了邪念，用书挡打死了埃博尔，把一九一三年的 V 镍币放进自己的口袋，然后逃走，走之前还把所有的锁都锁上。"

"你说什么？"

"门是上了锁的。还记得埃博尔那把带滑闩的警察锁吗？凶手要走之前还锁了门。偷了东西之后还会锁门，那是我的习惯。除了我之外，你知道还有谁会偷了东西之后锁门的？而且有哪个热爱收集钱币的人会想到这么做？谁会有这样的本领？"

"如果他用埃博尔的钥匙锁门呢？"

"哦。"我说。

"伯尼，我说错什么了吗？"

"这个我应该想到才对。"我皱着眉头说。

"因为你向来不用钥匙开门。"

"或许吧。"

"总而言之,这很有趣,他竟然想到要锁门。大部分的人离开时可能就是把门顺手带上,就认为门已经锁上了。"卡洛琳说。

"你是指弹簧锁?"

"没错,弹簧锁。但是这个凶手为了不让别人太早发现尸体,还不嫌麻烦地找到了埃博尔的钥匙。"

"也许他根本不用找。"

"也许,即使如此——"

"好吧,"我打断她的话,"那又如何?谈了这么多,我们对凶手是谁还是毫无头绪,顶多只能确定凶手很狡猾,杀人也很镇定。我看不出那些闯入科尔卡农家的贼会是杀埃博尔的人,那些人只是一群笨蛋,不可能认识埃博尔,而且根本进不去他的公寓。他们肯定在科尔卡农的房子里搜刮了一大堆东西,所以必须想办法脱手,但我不认为他们会通过埃博尔。就算那些贼知道埃博尔,他们也应该清楚埃博尔不是他们该找的人。他们必定偷了很多银器和皮草,还有那些科尔卡农没有锁在保险柜里的东西,而埃博尔向来只收购邮票、钱币,以及珠宝之类的东西。"

"那些在我们之后进去的人呢?"

"你是说杀了旺达·科尔卡农的人?我们必须假设他们只是碰巧从打破的天窗进去想捞一笔。你想,要有多大的巧合才可能把这些人也弄到河滨路?"

"嗯,我想不可能。"

"所以说嘛,这件案子警察必须自己想办法破,我也没辙。到现在为止我们只想到了收集钱币且有杀人倾向的人,而且他杀了人之后还从容地把门锁好。这种人你一辈子碰过几个?我想这种人就像母鸡的牙齿,或是一九一三年的V镍币一样罕见。埃博尔死了我很难过,我真的很喜欢他。"

"我也是。"

"我也为旺达·科尔卡农的死感到难过,虽然我没有见过她本人。我们竟然被牵扯进这桩案子,也让我很难过,不过我很庆幸至少我们和凶杀案没有直接的关系。时间到了,我该开门做生意了,得再多卖几本书才行。"

"我也得走了,还有一只狗在等我替它洗澡。"

"晚上我们还会碰头吗?"

"当然。"

五点之后我们在"饶舌酒鬼"酒吧继续我们的话题。她点了马提尼,我点了威士忌和白水。我熬过了一个漫长的下午,店里来了不少顾客,不过都只是随便翻翻,什么也没买,这种时候我就得提高警惕注意那些顺手牵羊的人。我相当确定一个留着长直发、看起来很好学的女孩摸走了萨特的《存在与虚无》,我想如果她真的从头到尾把书看完,这样的惩罚也够了。

"我希望警方能尽快把这两件案子破了。"我对卡洛琳说,"目前我们和案子无关,如果他们破了案,我们更是和案子无关,这样会让我更安心。"

"如果他们没办法破案呢?"

"唉,前天晚上我们确实到过埃博尔那儿,如果他们真的要查,很可能把我的照片给门口的警卫看,他很可能还记得我。我告诉雷去年七月后我就没去过那里。对警察说谎虽然不构成犯法,但是绝对不会赢得他们的好感。我虽然有不在场证明,可是能撑多久就不知道了。"

"什么不在场证明?"

"丹妮丝。"

"伯尼,那是昨晚的事,我们在埃博尔那儿是前天晚上。"

"丹妮丝也是我前天晚上的不在场证明。"

"但愿她知道。"

"我已经跟她说了。"

"她知道科尔卡农的事吗?"

"她知道警方怀疑我,我告诉她我和那件谋杀案无关,不过我没说我们在这之前到那里偷了东西。"

"因为她认为你已经洗手不干了。"

"差不多就是这样。至少她告诉自己,她认为我已经不偷了。天知道女人脑子里在想什么。"

"所以那个长舌的金发女人现在就是你的不在场证明？我还在想你昨晚为什么和她约会。"

"不是因为这个。"

"不是吗？"

"那不是唯一的理由。我不知道你为什么不喜欢丹妮丝，她在我面前总是说你的好话。"

"鬼才信！她根本受不了我。"

"如果你非要这么想的话。"

"我不知道她要提供怎样的不在场证明，在我看来她说谎的技术不太高明，很难让人信服。希望你用不着她。"

"我也希望如此。"

她又点了一杯饮料，店里的女招待把酒端来，卡洛琳的目光马上跟着她转。"她是新来的，"她说，"你知道她叫什么名字吗？"

"我听到有人叫她安吉拉。"

"很好听的名字。"

"嗯。"

"她长得很漂亮，你觉得怎么样？"

"是不错。"

"很可能是个直女，"她喝了一口马提尼，"你觉得呢？"

"你是说那个女招待？"

"是啊,我是说安吉拉。"

"她怎么了?你想问我觉得她是异性恋还是同性恋?"

"嗯。"

"我怎么会知道。"

"你总有一点直觉吧。"

"没有,"我说,"我只注意到她在点唱机上选放什么样的音乐。你要是爱上她,我保证你后半辈子有听不完的乡村音乐和西部音乐享受,一直到芭芭拉·曼德尔①从你的耳朵里溢出来。你可以暂时忘了安吉拉吗?"

"你可以,我不行。算了,当然可以!伯尼,你要说什么?"

"唉,我在想埃博尔,还有那个热爱收集钱币的凶手。"

"怎么样?"

"我不太相信这种说法,"我说,"时间不对。我们来假设一下:那天晚上我们走了之后他立刻上床睡觉,第二天早晨起床后做的第一件事就是打电话给可能的买主,那人立刻赶到埃博尔那里,把他杀了,然后离开。这是唯一可能发生的情况,但这绝不是埃博尔做事的习惯,他虽然想尽快把那枚钱币脱手,但也不会急成那样。首先,他一定会想办法确定那枚镍币的真假,而且他不是也提到照X

---

①芭芭拉·曼德尔(Barbara Mandrell, 1948—),美国乡村音乐歌手。

光什么的吗？他一定会先这么做，而且一定会等着科尔卡农这件案子的结果，等着看V镍币被偷的事是不是会上报，这关系到他如何决定那枚镍币的价钱。我认为凶手和镍币没有关系，因为除了你我之外，这世界上不可能有人知道那枚镍币在埃博尔手上。我们并没有告诉任何人，至少我没有。"

"我会告诉什么人？你是唯一知道我除了给狗美容之外还兼副业的人。"

"所以说杀埃博尔的人有其他动手的原因。也许只是单纯的抢劫杀人。也许有人想卖给他什么货，他们起了冲突——或是他过去认识的人。"

"你是说在达豪？他在集中营认识的人？"

"有可能。或者是他后来认识的人。对于埃博尔我了解不多，只知道克罗不是他原来的姓，他曾经告诉我他原本姓安塞尔，这在德语里是'黑鸟'的意思，从'黑鸟'到'乌鸦'只是一小步。但是另外一次，他又告诉我同样的故事，这次的姓不是'安塞尔'，而是'史瓦茨福格尔'，也是'黑鸟'的意思。但是你想，他总应该记得自己真正的姓才对，除非那两个都不是。"

"他是犹太人，对吧？"

"我认为不是。"

"那他怎么会到达豪？"

"不一定要是犹太人才会被送到达豪。埃博尔曾经告诉我，他是政治犯、社会民主党人。这很可能是事实，或者他只是很普通的罪犯，比如说收购赃物、搞同性恋，这也是被送到达豪的好理由。"

她颤抖了一下。

"总之，"我继续说，"我对埃博尔的过去知道得不多，也许根本没人知道，但是他很可能因得罪了什么人而树敌。也许那真的只是单纯的抢劫杀人，或者他和什么人起了争执，或者是其他什么该死的芝麻小事。假设他是同性恋，他可能带了个小白脸回家，结果只因为他钱包里的钱就被杀了。"

"这种事常发生。伯尼，你真的认为他是同性恋吗？他一直想撮合我们两个，如果他自己是同性恋，难道真的看不出来我根本不可能是你结婚的对象？"她把手上的马提尼喝完，"而且你不觉得这中间有太多的巧合？埃博尔的死、旺达的死，一个接着一个。"

"这只是因为我们夹在了中间。但是我们和他们的死并没有关系，我们只是他们之间唯一的联系：你、我，还有那枚镍币，如此而已。"

"我不这么想。"

我用潮湿的威士忌杯底在桌巾上印着一个个圆圈。"也许我这样告诉自己，只因为我希望说服自己。"我说，"也许是自己骗自己。我不能确定我是否就要相信它，因为我知道可能的结果。"

"我不懂。"

"那枚镍币,"我说,"我们从科尔卡农那里偷来的一九一三年的 V 镍币。我们要不是贪心的话,至少已经赚到一万七千五百美元了。"

"不要提醒我。"

"如果他不是因为那枚镍币被杀,而只是被一个不知内情的人杀了,你知道那意味着什么?"我说。

"啊哈。"

"没错。那枚镍币还在那里。"

晚上我留在家里。晚餐是一罐辣肉酱,我放了一些莳萝和辣椒调味,弄好后就坐在电视机前吃,还喝了一瓶朗姆酒。热肉酱的时候,我正好看到地方新闻的最后一小段简单提到了埃博尔的案子,没说有什么新的进展,至于科尔卡农的案子则只字未提。我边吃边看约翰·钱塞勒[1]的节目。最后,我终于战胜懒散,勉强站起来把电视关掉,又把东西收拾了一下。之后我放了一张混合爵士乐与古典乐的唱片,然后拿起最近一期的《书藏家》,舒服地坐下来看。那是一本专业杂志,专门刊登他们要出售或是收购的旧书。我懒懒地翻阅广告,如果看到在我店里刚好有的

---

[1] 约翰·钱塞勒(John Chancellor, 1927—1996),美国著名新闻记者,职业生涯中大部分时间都供职于美国全国广播公司,即 NBC。

书，就做一下记号。有很多我做了记号的书就放在店里的特价书桌上，如果有人不怕麻烦特地刊登广告要找书，那他一定付得起比我定的四十美分还高的价钱。

不过先决条件是我也不嫌麻烦，写信给登广告的人，等他们订书，然后打包寄去。这就是做旧书生意的麻烦，你必须留心这么多琐碎的事，追着小钱跑，希望能积少成多。光靠经营巴尼嘉书店我没办法过什么体面的日子，更别说赚大钱了。但是如果我肯花点心血，也许能做出一番事业。我爱旧书店的生意，不过是以我的方式——很明显是一种懒散的方式。偷窃使人堕落，如果你已经习惯了在几个小时内就能弄到一大笔钱，就很难再热衷于从事一些平常的工作——同样的时间，那些工作赚的钱大概只够买张电影票。

尽管如此，看看那些广告，在上面做做记号还是很有趣的，即使我不会真的去做这些生意。

九点左右，我打电话给丹妮丝，是杰瑞德接的电话，他告诉我《通天塔-17》果然很精彩，然后叫他妈妈来听电话。我们在电话里聊了一会儿，不知怎么的提到了卡洛琳的名字。我已经忘了到底为什么，丹妮丝说她是"同性恋侏儒，又胖又矮，满身狗臭味"。

"有趣，"我说，"她总是说你的好话。"

之后不久卡洛琳打电话来。"我一直在想你说的话，"她说，"你该不会有什么打算吧？"

"我想应该没有。"

"实在不可能。伯尼，还记得那天晚上埃博尔对我们说的话吗？防火梯是在大楼的正面，而且窗户上装了铁窗，大楼的管理员比圣彼得还认真，还有他门上的那些锁——"

"其中一把锁，警察已经叫锁匠弄开了。"

"那又怎样？你还是进不去。"

"我知道。"

"所以把你弄得快疯了，对吧？"

"你怎么知道？"

"因为我也快疯了，伯尼。一想到我们偷来的那枚该死的钱币可能因谋杀案而被警察封在公寓里，而他们又那么严密地监视大楼；一想到钱币就藏在屋子里的某个角落，你却不知道该怎么办，假设它就在原来的地方，你却没办法确定——"

"卡洛琳，我能想象。"

"假设一切就像我们想的一样，你会再去偷一次吗？"

"当然不会。"

"这就是我想知道的。"

"可是我们已经偷过一次了。"

"我当然知道。"

"所以我一直在想，那枚钱币是我的。"我解释，"他们说小偷不尊重私人财产，可是我对私人财产极为尊重，只要那财产是我的。况且这也不单是钱的原因，我手上原本有一件珍贵的东西，现在却什么也没有了，这对我的自尊是一个严重的打击。"

"所以你想干什么？"

"什么也不干。"

"很好。"

"因为我什么也不能干。"

"没错，这就是我想确认的。伯尼，我正要去'公爵夫人'，运气好的话，也许可以碰到不错的女人。"

"祝你好运。"

"最近我一点也静不下来，一定是月圆的关系。也许我会碰到安吉拉，她会站在点唱机旁边播放安娜·莫莉[①]的音乐。我猜她不是同性恋，你说呢？"

"安妮·莫莉？"

"我是说安吉拉！"

"也许吧。"

"如果她不是同性恋，而埃博尔是的话，他们可以一起养贵宾狗。"

"那你就可以替他们美容了。"

"也可以替贵宾狗美容。天哪，这是什么对话？"

"谁知道你是怎么开头的。"

---

① 安妮·莫莉（Anne Murray，1946— ），加拿大歌手。

"算了,再见,伯尼。"

十一点的新闻里没有什么进展。谁会想看那些旧新闻?看完了预告,知道谁是约翰尼脱口秀的嘉宾之后,我把电视关掉,拿了外套出门。我沿着西端大道走,在八十六街向左转,继续往前走到河滨路。

天气开始变冷,空气中弥漫着要下雨的味道,看不到天上的星星。在纽约,由于空气污染,就算天空无云你也很难看到星星。我看到半圆的月亮外围有一圈月晕,那表示会下雨还是不会?我不记得了。

我很惊讶路上还有那么多人:到河滨公园散步的人、遛狗的人,还有那些袋子里装着牛奶、手上拿着报纸赶着回家的人。

为了看得更清楚,我走到街对面观看埃博尔生前住的大楼,数着楼层找到他的窗户,窗口当然是暗的。我的目光搜索整幢大楼的每个角落,发现防火梯放在朝着八十九街的那面墙上,看起来很坚固,可是落在来往行人的视野内,而且想爬上去的话还得搬个长梯来。

没用。就像卡洛琳说的一样。

我走到九十街,隔壁的大楼比埃博尔那幢高三层,也就是说,如果我想从那里进埃博尔的公寓,必须靠绳索。

现在我手边没有绳索,而且我想那幢大楼的安全措施一定不会比这幢松。我走回八十九街，看看这一面的房子，这排建筑是十九世纪末建的低矮的褐石房屋，全部只有四层楼高。埃博尔这层楼的窗户都比那一排房子的屋顶高很多，而且还装了铁窗。

我又走回西端大道，然后又回头，觉得自己好像是个脑子不清楚的歹徒，无法抗拒地被扯进另一场犯罪。大楼门口的警卫就是那天我找埃博尔时看门的那个黑人，而且看起来比上次更令人生畏。我从对街看着他，心想这真是浪费时间。我什么事也没做成，现在和卡洛琳一样没办法静下来。她去"公爵夫人"放松自己，而我得采取行动。

过了街，我朝大楼的入口走去。这幢宏伟的砖造建筑物安全得像座碉堡，坚固得有如英国国家银行。暗红色的大理石圆柱耸立在大门的两侧，左右两边的铜制招牌上刻着在大楼里营业的租户名称，都是医生：三个精神科、一个牙科、一个眼科、一个足科、一个小儿科，上西区一带的典型组合。

看着这些招牌，我忽然觉得缺了一块上面标示着'埃博尔·克罗，销赃贩'的。想到这里我不由得摇头，只要有一点机会，我马上又变得多愁善感了。

大楼的管理员走出来问我是否需要帮忙。他在访客身份核实的课程上一定是高分毕业的。

"谢谢，不用。"我有点难过地回答，"已经太晚了。"我掉头离开，踏上回家的路。

　　　　　＊　＊　＊

　　我开门的时候电话铃响了。就在我打开了最后一把锁进门时,电话铃停了。我告诉自己,如果有重要的事对方一定会再打一遍。我洗了一个长长的澡,然后上床睡觉,梦见自己正危险地从某样东西上向下爬,那应该是防火梯或是狭窄的横木,具体身处什么空间我也不知道。这时电话响了,我坐了起来,眨了眨眼睛,拿起话筒。

　　"我要那枚镍币。"是一个男人的声音。

　　"什么?"

　　"我要那枚镍币。"

　　"你是谁?"

　　"那不重要。钱币在你手上,别把它卖了,我会再和你联络。"

　　"但是——"

　　我听到电话挂断的声音,于是把话筒放回去。床头柜上的闹钟显示时间是一点四十五分,我才刚睡着不久。我躺下来想着刚才那个电话,考虑要不要起床,想着想着又睡着了。

12

默里·法因辛格留着山羊胡子,中间偏右的地方有一小撮已经斑白。他四十多岁,长着一张圆脸,头已经半秃,戴着一副厚重的眼镜,那副眼镜让他的棕色眼睛看起来大得很不自然。他蹲在地上看着我,一手拿着一只鞋子,另一只手握住我的脚。我的袜子就放在他旁边的地板上,像实验室里的一只死老鼠。

"窄脚板,"他说。"又长又窄的脚板。"

"很糟糕吗?"

"还好,你的情况不严重,只是比普通人窄了一点。不过你穿的是彪马的鞋子,这个品牌的鞋子通常做得比其他牌子的稍微宽一点,虽然不像某些牌子特别宽。但是既然你的脚已经够窄了,干吗要穿特别宽的鞋子呢?因为你的鞋子太宽,所以脚踝就会向内弯曲。像这样——"他边说边拿我的脚示范,"这就是你脚痛的原因。"

"我知道了。"

"新百伦的鞋子每个尺码还分不同的宽度,你可以试试你的尺码。布鲁克斯的鞋子也不错,只是窄了一点,但是正适合你的脚。"

"太好了。"我说。我很想从椅子上站起来,但是如果有人正握着你的一只脚,那可就不容易了。"只要我买双新鞋子,一切就没问题了。"

"别急,先生,你慢跑有多久了?"

"没多久。"

"也就是说不久前才开始的,对吧?"

事实上我根本还没开始,也没打算要开始,但我还是说,他说得没错。我突然咻咻地笑出声来,不是因为有什么好笑的事,而是因为法因辛格医生在我的脚底搔痒。

"痒吗?"

"有一点。"

"压抑,"他说,"这就是会觉得痒的原因。我天天在人脚底搔痒。如果你每天有七八个小时握着别人的脚,就很难避免这样。你试过在自己的脚底搔痒吗?"

"从来没有想过。"

"相信我,没用的。你不会觉得痒,只有别人用某种特殊的方式碰你,你才会觉得痒。压抑,说白了就是这个原因。"

"很有趣。"我毫无诚意地说。

"如果患者到我这里治疗了一阵,就不会那么怕痒了,这不是因为我碰他们的方式有什么不同,而是因为他们已经习惯了我的手,不再那么压抑。这就是人为什么会怕痒。不过,先生,你的脚还有一个问题,你知道是什么吗?"

我有两只脚,每只脚上有五个脚趾,我心里想,而且还遇上了一个爱装神弄鬼的足科医生。但是显然问题比这还严重,我事先可没想到。

"你有摩顿脚。"他说。

"真的吗?"

"毫无疑问。"他弯起食指用力地弹我的第二个脚趾,"摩顿脚,你知道这意味着什么吗?"

会死,我心里想。或者必须截肢,或者要坐三十年轮椅,而且再也不能弹钢琴。"不知道,"我承认,"我猜大概和盐有关吧。"

"盐?"他困惑地看着我,但很快又恢复了正常,"摩顿脚,"他边说边弹着我的脚趾,我不再觉得痒,也许我已经克服了心里的压抑,"听起来好像有点可怕,对吧。那是说这个脚趾,"他又弹了一下,"比大脚趾长。因为最先描述这种症状的是一个叫摩顿的医生,所以才叫摩顿脚,基本上它指的是脚部结构的缺陷。我觉得那是演化时遗留下来的一种特征。当我们的祖先还住在树上的时候,他们用大脚趾和第二个脚趾抓住藤蔓和树枝攀爬,下次你去动物园的时候注意观察一下猴子的脚。"

"我下次倒要注意看看。"

"幸好摩顿脚不像生来就带了尾巴那么严重,事实上,有摩顿脚的人比没有的人还多。这种症状对喜欢长跑的人来说当然是坏消息,但是对足科医生可是好消息。你这种毛病很普遍,很多人都有。"

除了偶尔在地铁里会被一些笨蛋踩到,我的脚从没出过什么毛病,当然我也从来没有试过用脚趾去抓住藤蔓攀爬。我问法因辛格医生我的情况是否很严重。

"如果你过平常的生活,那就没有问题,但如果你是想要跑步的人,"这时他笑得很开心,"想跑步的人从买第一双慢跑鞋起就等于放弃了正常生活,这时摩顿脚的问题就来了。比如说,脚掌靠近大脚趾根的地方会痛,腱鞘炎、胫骨骨折、阿基里斯肌腱炎、过度弯曲的脚板——你还记得我们刚才说过的脚踝内弯吗?"为了提醒我,他又把我的脚关节向内扳了一下。"而且,"他忧心忡忡地继续说道,"通常还会引起软骨肿瘤。"

"天哪,那是什么?"

他点点头,带着一丝冷酷的满意的表情。"软骨肿瘤是跑步的人非常害怕的膝盖毛病,情况类似打网球的人得了网球肘。"

"听起来好像很可怕。"

"可能会很可怕,但是不用担心。"他轻松地继续说,"你到我这里来,问题就已经解决了一大半。你只要有一双特别定做的矫正鞋垫就行了，有了它你就可以慢跑到你的心脏不行了为止。如果那样，我还可以介绍你到我姐夫雷夫那里去，他是心脏科医生。"他拍拍我的脚，"只是开个小玩笑。你尽管放心去慢跑，那对身体健康很有帮助。我们唯一要做的就是确定你的脚受得了，这也正是我的工作。"

结果是，我需要在鞋底垫一双鞋垫。这种鞋垫是由皮和软木皮做成的，而且必须根据我的尺码特别定制。我还没来得及考虑要不要，法因辛格医生就已经替我量了脚印。他拿起我的脚，然后将左右脚分别压在一个像装着乙烯泡沫的箱子上。

"印得不错，"他向我保证，"现在跟我到隔壁的房间来一下，我要检察你的骨头。"

我跟着他，用大脚趾根底部轻快地走着。他边走边对我说，一双特制的矫正鞋垫不仅可以让我跑步时脚不会痛，还会改变我的一生；它会改善我的姿势、笔迹，还可能提升我的气质。他带我到走廊尽头的一间小房间，里面的墙上有一个令人想到牙医刑具的可怕机器。他让我坐在椅子上，然后把那个圆锥形的玩意儿从墙上旋转出来，对准我的右脚。

"我没见过这东西。"我说。

"我保证不会痛，老兄，相信我。"

"你一定知道不少 X 光的副作用，比如说，会让人不能生育之类的。"

"我照的时间只有一秒钟，而且照的部位不会超过脚踝。不能生育？我要照的只是脚掌靠近大脚趾根底的部位，不会有生命危险的。"

几分钟之后，那台机器就完成了这项令人不舒服的工作。我回到原来的房间，穿上袜子，系好彪马的鞋带。我从来不觉得鞋子太宽，可是现在真的觉得太宽了，一走路我的摩顿脚就好像在鞋子里危险地滑来滑去。腱鞘炎、胫骨骨折、软骨肿瘤……

然后我们又回到接待室，一个红头发，说话带布朗克斯区口音的小姐替我安排了下次门诊的时间：三个星期之后。到时候我的鞋垫就做好了。"总共三百美元，"她对我说，"包括今天的门诊检查，还有以后万一鞋垫有问题要修改的费用。当然这些费用你可以完全报在扣缴税额里。"

"三百美元。"我说。

"根本比不上其他的运动，"我听到法因辛格说，"想想看，如果你周末去滑雪，光买装备就不止花这些钱，再加上上课的钟点费。而说到跑步，你只要出门开始跑就行了。上帝只给你一双脚，花一点钱善待你的脚不值得吗？"

"而且跑步一定对我的健康有益，我猜。"

"这是世界上对你最有益的事。加强你的心肺功能，锻炼你的肌肉，让你保持健美的体格。可是如果你的脚不舒服，那就会有麻烦……"

三百美元一双的特制鞋垫，怎么说我都觉得太贵。你很可能在街口的药店花一块五毛九就能买到一双。还好我不必马上付这么多钱，先付三十美元的订金，这样皆大欢喜。三个星期之后，他们可能会很疑惑为什么我没出现。我把三张十美元的钞票付给那个红发小姐，她还开了一张收据给我。

"跑步对足科医生特别有益。"我半开玩笑地说。

法因辛格高兴地微笑着。"没有比这个更有益的了，"他说，"你知道几年前这一行的生意状况吗？全是脚痛的老太太。她们当然会脚痛，体重超过三百磅，又穿了太窄的鞋子。我替她们去鸡眼、包扎大脚趾囊肿，做这个，做那个，然后我告诉自己这就是我的职业。名利对我并不是很重要。

"现在可是全新的世界，我专门治疗运动伤害。从上个月起你就可以在波士顿街看到法因辛格鞋垫。去年十月的纽约马拉松大会上，成千上万的长跑者踩着法因辛格鞋垫到达终点。有很多患者喜欢我，因为他们知道我救了他们。现在我的名气不小，而且今天你的运气很好，要不是早上有个病人临时不能来，我也没有时间看你的脚。我很忙，通常你来看病必须先预约。你知道吗，我喜欢成功，喜欢出人头地。告诉你，老兄，只要你尝到那滋味，胃口就会越来越大。"

他把一只手臂搭在我的肩膀上，带我走出候诊室。那儿坐了很多身材修长的男士，正在看《慢跑世界》之类的运动杂志。"三个星期之后见。"他说，"目前你可以穿着你脚上的鞋子去跑步，你先别买新鞋子，因为有了鞋垫之后你才能和鞋子一起试。你现阶段最好慢慢跑，不要跑太远、太快。三个星期后见。"

走在外面大厅的走道上，我突然觉得我的彪马鞋笨拙得要命。在这之前我从来不觉得鞋子太宽。我走向电梯，回头看了一下，又偷偷地看了看四周，然后经过了电梯，打开楼梯间的门迅速溜进去。

我不知道爬楼梯对我的摩顿脚会有什么影响，我的脚后跟该不会长什么可怕的"楼梯脚"吧？

我大步前行，得抓紧时间，默里·法因辛格的诊所在四楼，我还有七层楼得爬。离目的地还有一大段我就已经喘不过气来了，可能是还没拿到矫正鞋垫的关系，或是慢跑还没增强我的循环系统，或者两者都有。

不管什么原因，休息了一两分钟之后我就恢复过来了。我小心地打开楼梯间的门，先看了一下通道左右两边，就像一个正要过马路的小孩，然后快步经过电梯，走到通往埃博尔·克罗公寓大门的铺着地毯的走道上。

我干吗没事让人在我的脚底搔痒？今天早上我提早了几个小时起床，先是冲澡刮胡子，然后坐在椅子上一边在松饼上涂醋栗子酱，等着咖啡滴完，一边想着怎么到河滨路执行侦查任务，想着夜里那个扰人的电话。究竟是谁？

有人要那枚钱币。

这也没什么大不了的，一样原本只值五分钱的小东西，几年之间身价就上涨千万倍，这世界上有很多人都非常乐意声称这东西是他们的。谁不想拥有一个一九一三年的自由女神头像镍币？

可是打电话给我的人不仅要这枚镍币，而且是向我要，这表示他知道镍币被人从科尔卡农的保险柜里拿走了，甚至连是谁拿的都知道。

他到底是谁？是怎么知道的？

我倒了一杯咖啡，嘴里咬着松饼，又发了一会儿呆。我发现自己正在想埃博尔那座攻不破的碉堡。过去他生活在里面，最后也死在里面，而那枚镍币——我的镍币——还在里面。我想象大门口的管理员像守护在地狱门口的刻耳柏洛斯[①]一样——那只戴着金色穗带，有三个头，穿着紫红色制服的法兰德斯畜牧犬（早上起床时我的脑子还不够清楚，不过想象力很活跃）。我脑海里显现出大楼的门口，两旁是暗红色的圆柱，上面有铜制的门牌：三个精神科、一个牙科、一个小儿科、一个眼科、一个足科——

突然，我灵机一动。

[①] 刻耳柏洛斯（Cerberus），希腊神话中的地狱看门犬，有三个头，嘴里滴着毒涎，下身长着一条龙尾，头上和背上的毛全是交缠着的毒蛇。

吃完早餐，我开始忙碌起来。我不记得那些牌子上的名字，当初可能觉得没必要。现在我要做的是叫一辆出租车载我到八十九街和河滨路的转角。我故意装作漫不经心似的经过大门口，然后很快在心里记下那七个名字。走过几幢房子之后我停下来，在忘记之前赶紧拿出笔写下。接着我继续向东走到百老汇大街，在那儿的一家古巴人开的中式快餐店点了咖啡。店里的中国菜或古巴菜也许不错，但咖啡喝起来就像每一颗咖啡豆在研磨之前都用变质的牛油拌过一样。

我摸出零钱打电话，先试试那三个精神科，他们的门诊预约到下个星期都满了，我和最后一个预约了下周一。我想，在那之前我如果什么也没办成，至少还有一条出路。到时如果真是这样，我可能真的需要精神科医生了。接着我看着剩下的那四个名字。小儿科太困难，除非我向丹妮丝借杰瑞德，我可不想这么做。那个牙医可能会替我看，特别是如果我假装牙痛很严重，可是我真的希望让一个不认识的牙医乱动我的嘴巴吗？再说因为之前的种种原因，这辈子我可以到克雷格·谢尔德里克那儿免费看牙[①]，他是世界上最好的牙医。几个星期之前，我才在他那里洗过牙，而且我也没兴趣张嘴说："啊——"我不需要看牙医。

看来眼科最适合，比精神科还适合。检查眼睛也花不

---
① 参见《衣柜里的贼》。

了多少时间,我只要确定他们不在我的眼睛里滴眼药水,因为那会让开锁变得困难。话说回来,我是不是也该去看眼科了?我从来不需要眼镜,而且也不觉得自己需要,但是我已不再年轻,根据专家的建议最好每年检查一次眼睛,可以防患青光眼什么的。所以——

我打了电话要求预约,但那家伙去巴哈马度假了,要下个星期一才回来。

现在只剩下默里·法因辛格了。我边打电话边想要用什么理由去看门诊。接电话的是一个带布朗克斯区口音的年轻小姐(后来我才知道她的头发是红色的),她问我哪里不舒服。

"我的脚。"我说。

"你平常跑步还是跳舞?"

跳舞的人看起来应该有舞者的样子,但任何人都可以看起来像跑步的人,只要会流汗,再加上穿一双可笑的鞋子。

"跑步。"我回答。她替我安排了时间。

我马上回家换上彪马鞋,让自己看起来像慢跑的人,再打电话给卡洛琳取消午餐,告诉她我要去看医生。她问我要去看什么医生,我骗她说是去看眼科,因为她要是问起我的脚出了什么问题,我一定答不出来。当然那时我还不知道我有摩顿脚,离得软骨肿瘤只有一步之遥。她问我眼睛怎么了,我告诉她我最近只要看书久一点就会头痛。

她似乎相信了。

我没跟她提到那个午夜电话。

一点十五分,我到达法因辛格的诊所,大楼的管理员先打电话到楼上问清楚,确定我和医生约了时间。电梯员看着我找对了门。

现在我花了三十美元,突然觉得自己的脚太窄、鞋子太宽。也许我真该去看小儿科,我可以谎报年龄。

我把耳朵贴在埃博尔的门上仔细听,什么声音也没有。门边有一个按钮,我轻轻按了一下,可以听到屋子里很小的电铃声。没有其他声音,我又敲了一下门,同样没反应。我深吸一口气,拿出口袋里的工具开了门。

情况真的就这么简单。警察在门口贴了封条,非办案人员禁止入内,而我就是其中之一。他们没有特意给门上锁,大概是因为大楼的安保系统够严密。那个打开埃博尔警察锁的锁匠(他把门闩钻开,而不是把它挑开,我认为太不专业了)只留下最原始的门锁防止有人进入,那是一把西格尔锁,你只要把门关上它就会自动上锁。另外还有一个必须用钥匙开关的门闩,警察可能有钥匙——他们可以向大楼的管理员要或从上司那里拿——总之,最后一个离开的人并没有用钥匙,因为只有自动锁锁上了。那就像有安全瓶盖的阿司匹林药瓶一样好打开,如果我有钥匙可能会快一点,不过也不会快很多。

我走进去,关上门,闩上门闩。我在玄关处犹豫了一下,觉得有什么不对劲,好像少了什么东西,却不知道是什么。管他呢!我从阴暗的玄关走进客厅,外面的光从窗子透进来。靠近窗户左边的地方,我看到用粉笔画的轮廓:一半在光洁的地板上,一半在狭长的地毯上。那是一块漂亮的地毯,粉笔的痕迹显得很不协调。

看着粉笔的轮廓,我可以想象他的身体躺在那里,一只手臂向外伸直,一只脚朝向那天晚上我坐的沙发。我不想看粉笔的记号,但视线似乎无法移开。我觉得可笑。我转身回过头,沿着记号绕了半圈走到窗户边,看着外面的公园和对面的河流。

现在我终于知道刚才在玄关困扰我的是什么了,进门时缺了我平常惯有的那种感觉——就像福尔摩斯注意到夜里没有狗叫声一样。那种触电的感觉没有了;那种闯空门的时候,入门一刹那的激动不见了;那种像咖啡流进静脉的感觉不见了。我是以小偷的身份进来的,特别是应用了我的聪明才智,但是我既没有胜利也没有快乐的感觉。

这是一个老朋友的家,他刚刚死去,这让我感觉不到一点乐趣。

我看着远处的新泽西,它还是老样子。天空突然在我进来的这几分钟之内变暗了,看起来像是要下雨,这说明昨天晚上的月晕果然准确地预测了天气,或者根本不准,这要看它到底代表什么意思。

弄清楚是什么在困扰我之后,心里舒服了一点。现在我不用再去想它,可以开始抢劫死人的工作了。

我当然不会这么做。我只是想抢救我的东西——或者叫非法占有,如果你要吹毛求疵的话。但无论如何那枚钱币不属于埃博尔,他只是受托暂时拥有它,他既没有从我这里偷走它,也没有付钱买下。

所以我想做的,只是找回那枚钱币。

我当然也可以像先我们一步进入科尔卡农家的贼一样。搜查一个地方最快的方法就是:翻出所有的东西,不管后果,任物品随处散落。可是那样做马上就会让人发现这里被人动过,这有什么好处?就算我不必在乎,可是我天生爱整齐,特别是我不想亵渎一个死去朋友的家。

埃博尔生前也是个爱整齐的人,每样东西都放在固定的位置,我尽量把动过的东西归回原位。

这样做可比描述的困难很多,人们常说的"在大海里捞针"相比之下可能容易多了。我从最明显的地方开始找,因为有些人就把东西藏在这些地方,即使是你认为应该很会藏东西的人也不例外。在浴室的马桶水箱里我只发现了水和浮球;面粉罐里也只有面粉;我从浴室的墙上拆下挂毛巾的杆子,里面只有空气;我把抽屉整个拉出来,检查底部和背面有没有黏东西;我打开衣橱,一件一件衣服检查;我查看西装的口袋,把手伸进鞋子、靴子,翻看地毯的背面。

我可以详细描述我是怎么搜查所有房间的,光这些就可以写上数十页。可这样做有什么意义?最后有三样东西我没找到:贤者之石、圣杯、金羊毛,第四样就是科尔卡农的V镍币。

我的确发现了许多有趣的东西:许多不同语言的书,有些能值上千美元。要发现这些书并不困难,它们是埃博尔·克罗的藏书,全在客厅的书架上。

我检查了每一本书的背面,翻遍了每一本书。我在霍布斯[①]的《利维坦》书页里发现了十九世纪的马耳他和塞浦路斯邮票;有五百英镑夹在汤姆斯·卡莱尔的《裁缝师》里;在书架的上方我发现了拜伦、雪莱、叶芝的诗集,三本精装诗集后面藏着的钱币可能是萨珊[②]时期的。

卧室里有两部电话:一部在床头柜上,一部在梳妆台上,显然有点夸张。我检查了一下,两部电话都接了线,可梳妆台上的那部似乎不通。我打开电话的底座,发现里面的零件都已经拆掉,塞进了五十和一百美元的钞票,我一直数到将近两万,我估计如果数到完大概有两万三千美元。我把钱又塞回去,然后把电话装好。

[①]托马斯·霍布斯(Thomas Hobbes, 1588—1697),英国政治学家、哲学家。
[②]萨珊(Sassanian),公元226—651年波斯帝国的一个王朝。

你大概已经对我的搜查工作有些概念了吧。我不断发现有价值的东西。在一个生活富裕又有教养的赃物收购商家里，发现这些东西一点也不足为奇。现金、邮票、钱币和珠宝——现形，包括我从科尔卡农那里偷来的手表和耳环。那两样东西是在装雪茄的干燥箱底层发现的，当时我还兴奋了一下，以为那枚镍币一定也放在一起，但是什么也没看到。我从来不知道埃博尔也抽雪茄。

我在他的厨房里拿了一块巧克力蛋糕，我猜这就是他说的黑森林蛋糕，还给自己倒了一杯牛奶，除此之外没带走埃博尔·克罗的任何东西。

我一直在想这件事。每碰到一样诱人的东西，我就企图说服自己去拿，但我就是办不到。你可能认为，我要将自己的行为合理化应该很容易，因为据我所知，埃博尔没有继承人。如果真的有，等他出现的时候原本塞满这屋子的东西可能只剩下一半了。那些藏书会整批卖给旧书商，他们再一本一本单独卖，从中赚些钱，但是他们很可能不知道那些书真正的价值。那块手表和那对耳环很可能落入在这里走动、第一个去抽雪茄的人手里，至于那两万三千美元，可能会永远藏在电话里。如果有人死了，他们怎么处理他的电话？把电话还给电话公司。如果电话已经坏了，他们会修理吗？谁动手去修理这部特别的电话，可能就会遇到这辈子最大的惊喜。

我为什么不动手拿？

我想，我很清楚抢劫死人不是我要做的，总之不是一个刚死的人，更何况是刚死去的朋友。说实在的，我考虑了各种情况，实在找不出理由不能拿这些死人的东西。死去的人不可能比活着的人更在乎，如果他们带不走，又为什么要在乎东西最终的去处？

而且，上帝知道死人的东西总是被抢，警察就经常干这种事。如果有个流浪汉在鲍尔瑞街的收容所里死了，那些警察做的第一件事就是把发现的现金平分。我承认我给自己定的标准比那些警察高，可是也并不是真的那么崇高，不是吗？要我不拿那些现金真的很困难。每次我只要进到一个地方去偷，就一定会拿走所有看得到的现金，即使原本是因为别的原因才进去的，我也一定自动把现金塞进口袋，那完全是条件反射，想都不用想，很自然就这么做了。

这次我没这么做，真够奇怪的。我差点就拿了那块皮亚杰手表，还有那对祖母绿耳环。不是因为它们很诱人，而是因为我觉得拿走它们理所当然，毕竟它们原先就是我和卡洛琳偷来的。

可是我们已经拿了埃博尔的钱，它们早已不属于我们，那是埃博尔的东西，应该留在他的屋子里。

在我翻过的书中，有一本是我当初送他的斯宾诺莎的《伦理学》。搜查了整个屋子之后，我从书架上抽出那本书，随手翻看。埃博尔在他人生的最后一个晚上还替它找到了摆放的位置，也许之前还翻阅了一遍，念了其中的一些句子和段落。

我念着其中的一段:"有种情况你可能常常见到:一个自负的人,自以为到处受欢迎,而事实上他只是处处惹人厌。"

我走的时候把书也带走了,我不知道为什么。它也是埃博尔的东西——毕竟,礼物就是礼物——可是不知怎么的,我就是觉得我有权拿回它。

我想,大概是因为我不甘心空手而归。

13

我本来是要从楼梯间再走到默里·法因辛格那层楼的，以免遇到先前那个电梯服务员，他很可能还记得我。可是当我经过电梯时，有个老太太对着我点头微笑。她穿着黑色的波斯羊毛外套，手上还抱着一只小狗，看起来像马尔济斯，卡洛琳要是在，肯定看一眼就知道。

"你会淋雨，"她对我说，"回去拿件雨衣。"

"我已经迟到了。"

"我有一件塑料雨衣，"她说，"一直都把它折好放在皮包里。"她拍拍肩上的背包，"你是斯蒂廷纳的儿子，对吧？你妈妈好吗？"

"哦，她很好。"

"她的喉咙好点了吗？"

"好多了。"

"那就好，"她边说边搔着小狗的耳后，"她一定很高兴你能在家待几天。你会待多久？只有周末还是更久？"

"能待多久就待多久。"

"那很好。"她说。这时电梯来了,电梯门打开,我跟着她走进去。果然是先前那个电梯服务员,不过从他的眼神看来他没有认出我。"你可能不记得我了,"那老太太继续说:"我是11J的波莫伦斯太太。"

"我当然记得你,波莫伦斯太太。"

"你妈妈好多了,是吗?我正在想我上次和她聊天是什么时候。听到你舅舅的事我真难过。"

他怎么了?"哦。"我说,把那本斯宾诺莎的书握得更紧了,"这种事情随时有可能发生。"

"心脏的毛病,对吧?"

"没错。"

"听我说,人总是要走的,这还不是最坏的方式。你一定听说我们的邻居11D克罗先生的事了吧?"

"听说了,就是前几天发生的吧?"

"他们说是前天。你知道他们说什么吗?他们说他向小偷收购赃物。报纸上也写了。你想想,我们这幢大楼已经转成住户共同管理制,而且还有种种安全措施,其中一个住户竟然是销赃的贩子,最后还被人杀死在自己家里。"

"真可怕。"

我们到了一楼,一起走出大厅。快出大门的时候她停下来,将绳子拴在狗的脖子上,然后从皮包里拿出折叠整齐的雨衣。"我把雨衣拿在手上,"她向我解释,"万一下雨，我就不用再找了。啊，克罗先生，他——这会让人想起很多事。其实他是个好人，总是会在电梯里和你聊上几句。虽然他做了非法的事，但我还是得说他是个好邻居。"

我们从大楼管理员旁边经过，在布篷下站了一会儿，那只狗已经等不及了，扯着绳子要朝西跑向河滨公园的方向。

我呢，急着要朝东去。

"他是个销赃贩。"我说。

"没错，就是销赃贩。"

"你知道人们说什么吗？好的销赃贩通常是好邻居。"

没有必要再回市区了，离开埃博尔公寓时已经接近关店门的时间。因为不想带着那本斯宾诺莎的书淋雨，我便坐公交车到百老汇大街，在第七十二街下车，回到家时雨还在下。

信箱里只有账单和广告，我全部拿上楼，把那些推销的广告信丢进垃圾桶，把该付钱的账单放一边。花钱买东西浪费了我们太多的精力，我边想边把那本斯宾诺莎的书放在书架上，和英国诗人华兹华斯的书摆在一起。

我打电话到卡洛琳住的地方，没人接；打到窄廊画室，是杰瑞德接的电话，告诉我他妈妈不在；打到卡洛琳店里，只听见电话答录机的声音，我没有留话。

我挂上电话，才走了三步电话铃便响了。我拿起话筒说了一声"喂"，正要说第二声，就听到对方挂断的声音。

有人打错了电话，或者又是昨天夜里打电话来的那个人，或者是哪个女人在最后一秒钟还是决定今晚不要和我通电话，或者是某个人想确定我是不是在家。

或者什么都不是。

我拿了伞走向大门，电话又响了。我走出门，把门锁上，在走廊上听到电话一直在响。

在离百老汇大街大约一条街的地方，我吃了一大盘意大利面以及加了橄榄油和醋的蔬菜沙拉，除了早餐和在埃博尔那里吃的一块蛋糕、一杯牛奶外，我这一天没有吃任何别的东西。我又饿又累，既生气又孤单，这四种感受中现在唯一能解决的只有饿。之后我又点了一份意式水果冰激凌——永远不会是你期待的甜点。我很快地连续灌了四小杯像墨水一样黑的意大利浓缩咖啡，每一杯都滴了一滴茴香酒。吃饱离开的时候我感觉到咖啡因在血管里流窜，现在不饿也不累了。我也想不起来先前为什么生气，眼下只剩下孤单，但我想还能忍受。

我冒着雨回家，因为看不到月亮，所以没办法确定月亮周围是不是有月晕。我回到住的大楼时，向来神经麻木的阿曼德叫着我的名字和我打招呼，先前我回家和出门去吃东西的时候,他都故意装作没看见。他和费利克斯真是天生一对,一个比一个懒散。而第三个警卫是管午夜到清晨八点大夜班的,你看到他的时候他通常都不是清醒的。真该把他们三个送到第八十九街和河滨路那里参加六个星期的基本训练。

经过大厅的时候,一个女人从沙发椅上站起来,看起来大概二十八岁,蓬松的垂肩黑发,倒三角形的脸蛋,尖下巴配上小小的嘴,嘴唇上擦着鲜红色的口红,眼睛周围也涂了一圈很浓的眼影。如果她的睫毛是天生的,那她一定是用了很多化学肥料,不然不会长得那么茂盛。

她对着我开口说:"你是罗登巴尔先生吧?我有话想跟你谈谈。"现在我终于知道阿曼德为什么跟我打招呼了,这是他指认我的方式。我希望他已经得到了好处,因为我打算把他从我圣诞节的送礼名单中删去。

"好啊。"我说。

"很重要的事。你不介意我们上楼说吧?到你的房间怎么样?"

她对我眨着那不可思议的睫毛。睫毛上方原本是眉毛的地方,现在挂着两道细长弯曲的线。如果你嫌自己的眉毛碍眼,尽管拔掉。

她看起来就像是那些受虐狂热切渴望的梦中情人,简直就是从成人漫画里走出来的:黑色的细跟高跟鞋,脚踝围着皮带,黑色的紧身亮皮长裤,血红色的贴身人造丝亮面衬衫。看到她，你决不会忘记人类也是哺乳类动物。

一把红黑色的伞，一个黑色的亮面皮包，正好配她的裤子。耳朵上戴着金色水滴形耳环。我在想，我们从科尔卡农那儿偷来的祖母绿耳环戴在她耳朵上一定很抢眼，我是不是该回去拿来给她？

"到我那儿？"我问。

"可以吗？"

"有何不可？"

我们走进电梯。在电梯里我闻到了浓浓的香水味，以麝香为基底渗了一点薄荷味，闻起来很廉价，但又让人亢奋。我有个感觉：那不是她搽的香水，而是她天生散发出来的味道。电梯到了我住的那一层，门开了。我们经过狭长的走廊，我想象我的邻居们一只眼睛贴近门上的窥视镜，正在偷窥他们的小偷邻居今天晚上带了什么人回家。当我们经过赫施太太的门口时，我似乎听到她不以为然地咂嘴发出"啧啧"的声音。

我们一直没有开口说话。我原本想表演一下不用钥匙开门的功夫，最后还是克制住了，用了最普通的方式把门上的锁一把一把打开。我赶紧开了灯，但愿我在丹妮丝走了之后已经换了床单，虽然我的客人看起来不像会因为那张床不久前有另一个女人躺过就拒绝和我上床的类型。但是——

"要喝点东西吗？"我问道，"你想喝什么？"

"什么也不要。"

"咖啡？花草茶？普通的茶？"

她摇头。

"好吧，那请坐，随便找个位子。我还不知道你的大名。"我不知道我以前有没有这么亲切有礼过，可是现在我好像不得不这么做。她既粗俗又惹眼，而且让人无法抗拒，我不记得我这辈子曾经这样兴奋过。我必须克制自己，否则我一定会双膝着地，趴在地上啃地毯。

她没有坐下也没有告诉我她的名字，而是脸色一下子变得阴沉起来，垂下眼睛，把手伸进皮包。

手伸出来的时候握着一把手枪。

"你这个混账！"她咬牙切齿地说，"站着不要动！你这个混账，否则我就让你的脑袋开花。"

14

  我站在原地,她也站在那里没动,枪握在手里,枪口对准我,手在微微颤抖。

  那把枪看起来不像手枪。在小说中,那些对准侦探的枪确实就像枪,他们形容枪口的孔看起来就像山洞,可是她手上的枪真的很小,刚好配她的小手。我现在才注意到她的手,很好看,指甲的颜色正配她的衬衫和口红。那把手枪当然也是黑色的,是一把枪管不到两英寸的黑色雾面手枪。这女人从头到脚只有红色和黑色两种色彩,我敢说她最喜欢的鸟一定是红翅膀的黑鸟和猩红色的唐纳雀,她最喜欢的作家一定是司汤达。

  电话响了,她瞄了一眼,又转向我。"我最好还是接电话。"我说。

  "不要动!否则我就开枪。"

  "说不定是很重要的电话。"

  是我的想象,还是她真的把手指压在了扳机上?电话不断地响,她又看了一眼电话,而我的眼睛则只能盯着那把枪。

我讨厌枪。这种精巧机械被设计出来的唯一目的就是杀人,而我讨厌杀人,看到枪就会紧张。我尽可能地避免碰枪,所以对枪支所知不多,只知道左轮手枪有转筒,很适合用来玩俄罗斯轮盘赌,但是自动手枪,比如我客人手上的这一把,通常有保险装置,如果上了保险,就算扣了扳机也没办法开火。

我看到枪管末端一个像保险装置的东西,想起书上常提到,拿枪的人如果没有经验,常会忘了扳开保险装置。如果我能分辨保险是开着还是关着,也许——

"已经装了子弹了,"她说,"如果你脑袋里想的是这个的话。"

"我可没这么想。"

"我知道你在动歪脑筋。"她说。然后她又"哦"了一声,同时用大拇指把保险装置弹开。"好了,现在别再动歪脑筋了,知道吗?"

"是——是——你能把那东西对准别的地方吗?"

"我不想对准别的地方,只想对准你。"

"请千万别这样说。"电话不再响了,"我不认识你,甚至连你的名字都不知道。"

"这又如何?"

"我只是——"

"我叫玛丽琳。"

"总算有个开头。"我挤出我最能博得友谊的微笑，"我叫伯尼。"

"我知道你是谁。你还是不知道我是什么人，是吗？"

"你是玛丽琳。"

"我是玛丽琳·马尔盖特。"

"不是演戏的那个女的吧？"

"什么演戏的那个女的？"

我耸耸肩。"我也不知道。你说自己名字的样子，就好像我一听就知道你是谁。很抱歉，我确实不知道你是谁。你会不会找错人了？我知道伯纳德·罗登巴尔这个名字不是很普遍，但还是可以有第二个的。我的名字是伯纳德·格林姆斯·罗登巴尔，格林姆斯是我母亲的娘家姓，就像波维尔或法兰德斯，所以——"

"混账东西！"

"我做错什么事了吗？"

"你这个大浑蛋！什么波维尔、法兰德斯。是你杀了旺达！"

这次不是我在幻想，她的手指真的扣在扳机上，而且那东西看起来终于开始像手枪了，枪口就像加尔各答的黑洞。

"等一下，"我说，"你犯了很严重的错误，我这辈子没有杀过人，甚至不忍心踩死一只蟑螂。甘地的非暴力主义是我教他的,和我相比,阿尔贝特·施韦泽①可是杀人狂。"

"闭嘴!"

我闭嘴了。

"你真的不知道我是谁?我原本以为听到我的姓,你就应该心里有数了。兔子马尔盖特是我弟弟。"

"兔子马尔盖特?"

"没错。"

"我不认识他。"

"乔治·爱德华·马尔盖特。大家都叫他'兔子'。他们今天中午把他抓走了,罪名是偷窃、杀人。他们说他星期二夜里杀了旺达。我弟弟没有杀人。"

"我也没有杀人,你看——"

"闭嘴!如果不是你杀的,你一定也知道是谁杀的。你现在就说实话!你以为我会让我弟弟成为替罪羊吗?从实招来,否则我就开枪。"

电话又响了。她不再理会电话,我心里却在想到底是谁,和几分钟前打来的是同一个人吗?是我正要出门吃晚

---

①阿尔贝特·施韦泽(Albert Schweitzer,1875—1965),法国著名学者和人道主义者。由于在为非洲人民服务中所表现出的自我牺牲精神,一九五二年他获得了诺贝尔和平奖,被称为"非洲圣人"。

饭的时候打来，我没接电话的那个人吗？还是昨天三更半夜打来电话要 V 镍币的那个人？或者全是同一个人？还是不同的人？也许不重要。电话铃声又停了。我说："乔治·爱德华·马尔盖特。兔子马尔盖特。这么说你是兔子的姐姐玛丽琳。"

"这么说你还是认识他。"

"不认识。今天晚上我是第一次听到这个名字，但现在我知道他是谁了，他是星期二闯入科尔卡农家把收音机打开的人。"

"你去了那里，你自己承认了！"

"而且兔子也去了，对吧？"

她的表情变得机警起来。"什么时候变成你在问问题？你又不是警察。"

"我不是警察，但也不是凶手。星期二夜里我没有杀人，你弟弟也没有。"

"你说他没有杀人？"

"没错，他没有杀人，可是他偷了东西，对吧？他是从卧室天窗进去的，一个人吗？"

"不是。等一下！你凭什么问我问题？我不必告诉你他当时在哪里，也不必告诉你他跟什么人在一起。"

"你什么也不必告诉我，不要激动！玛丽琳，兔子没有杀任何人。"

我吸了一口气，似乎到了解除武装坦诚谈判的时刻。

"没错,我是在那里,"我说,"那是在兔子和他的伙伴走了之后。他们偷东西的时候科尔卡农夫妇根本不在家,我在那里的时候他们也还没回家。"

"你没办法证明。"

"也没有人可以证明我当时在那里,不过我可以证明我没有碰到科尔卡农夫妇。赫伯特·科尔卡农昨天已经在单向镜后面仔细看过我的脸了,他说没见过我。"

她慢慢地点着头。"他们是这么说的:还有一个叫罗登巴尔的人有嫌疑,但是科尔卡农指认之后说没见过他,所以他现在是清白的。科尔卡农一口咬定说就是兔子,可我确定他从来没见过兔子,所以我想一定是误会,或者是你买通了什么人。我真的不知道我在想什么。总之,我弟弟现在替人背了黑锅。我想如果我逮到真正的凶手——"

"玛丽琳,我不是凶手。"

"那究竟是谁?"

"我不知道。"

"我也不知道,而且——"她突然停下来,看着手上的枪,好像不知道枪怎么到了自己手上似的,"真的装了子弹了。"

"我已经猜到了。"

"我差点杀了你,我本来是要这么做的。我想只要杀了你,兔子所有的问题就都解决了。"

"所以你就想解决我所有的问题,只不过用的不是正面的方式。"

"嗯,听着,我——"

咚!咚!咚!

不用问也知道这时候有谁会来敲门。我把食指放在嘴巴前警告玛丽琳别出声,然后走近她,在离她水滴形耳环几英寸的地方小声说:"警察。"我指着浴室的门。她没有浪费时间多问,立刻拿着枪躲进浴室。正当她关门的时候,这第二个不速之客又敲了一次门。

我问是什么人。"还会有谁。伯尼,赶快开门!"

我开了门让雷进来,他身上穿的还是昨天那套西装,现在湿了,但没有变得更合身。"下雨了。"他边说边摘下帽子,拿帽子的方式正好让积在帽檐上的水全滴到地板上。

"谢谢。"我说。

"嗯?"

"我一直在烦恼我的地板太干,希望有个人来浇水。雷,下次来可以先打个电话。"

"我打了,占线。"

"有趣,我没有打电话。"他很可能是在电话铃响的同时打的。

"什么风把你吹来的?"

"我善良的心。"他回答,"这几天我一直在帮你的忙——两次开车送你到店里,今天晚上还过来告诉你,科尔卡农那件案子已经没你的事了,他们抓到人了。"

"哦?"

他点头。"那家伙叫乔治·马尔盖特。年轻的小伙子,但是前科累累,曾因为偷窃在牢里待过两三次。没有暴力前科,但是你知道那些年轻人,他们个性还不稳定。也许是他的同伙,也许他们嗑了药。我们在他的冰箱里发现了一袋大麻。"

"害死人的大麻。"

"主要还不是大麻,我们还在他那里发现了其他东西。他住在第十大道四十几街一套有两个房间的公寓里,离他从小到大住的贫民区地狱厨房不远,那个鱼龙混杂的地区现在叫克林登,主要是为了让人忘记那里是贫民区。我们搜查了他的公寓,科尔卡农家一半以上的家当都在那里。一堆银器。老天!十二人份的餐具加上碗盘,可值钱了。"

"我记得以前银子不太值钱,"我怀旧地说,"一盎司从一美元二十九美分涨到四十美元。我记得以前金子也没这么值钱。"

"是啊。我们还发现了皮草,包括及地的长貂皮大衣、水貂皮短外套。还有别的东西,我不太记得是什么,全在科尔卡农的失窃单上。甚至皮草商的商标都还没去掉。我们发现的东西大概是科尔卡农所报失窃物的一半以上,加上一些他没有列的——谁会那么清楚地记得自己所有的东西。我们推测,他们分了赃,另外一半应该在他的同伙那里,如果他们还没销赃的话。"

"谁是他的同伙?"

"还不知道。他迟早会招供的——只要他开了窍,知道只有这样他的罪才会轻一点。但现在他还以为自己是警匪片里的詹姆斯·卡格尼①。"

"雷,你们怎么找到他的?"

"正常渠道,有人通风报信。也许他穿了新的行头在酒吧里吹牛,展示身上大把大把的钞票,有人把事情凑在了一起。在他住的地区,街上每三个人中就有一个会告密,而科尔卡农的案子就发生在附近。有多远?一英里?一英里半?"

我点头。"雷,谢谢你特地来告诉我这些,我很感激。"

"事实上,"他说,"我是像昨天一样想来借用浴室。"

"浴室马桶坏了。"

"哦,是吗?"他走向门边,"你知道吗,有时候这些东西莫名其妙又能用了,或者我可以帮你修理。我有个叔叔是水管工,几年前他教过我一些东西。"

她锁了门吧?我倒抽了一口气。他转动门把,门是锁着的。

"门卡住了。"他说。

---

① 詹姆斯·卡格尼(James Cagney,1899—1986),美国电影演员,第十五届奥斯卡最佳男演员。

"一定是天气原因。"

"是啊,可能吧。伯尼,像你这样退休的小偷,替我开自己家浴室的门应该是轻而易举的事吧。"

"我已经没那个功力了。"

"是吗?"他从浴室门口走到窗户边往外看,"我敢说如果天气好一点,从这里可以看到世贸中心大楼。"他说。

"没错。"

"在埃博尔·克罗那里可以看到新泽西。我觉得罪犯家里都有很好的视野。从我家的窗户往外看,只能看到霍利亨太太的晾衣绳。伯尼,你知道我一直在设法把科尔卡农的案子和克罗的案子连起来。关于克罗的案子,我们一点线索也没有,没有人查出一点眉目。"

"兔子知道埃博尔的什么情况?"哦,天哪,我怎么会这样叫他?

"兔子?"他皱起眉头,眨眨眼,"我就说在他卖力地演詹姆斯·卡格尼,我打赌他一定没听过这个名字。可是他有一个同伙,对吧?虽然我们还不知道是谁。"

"所以说——"

"伯尼,你可以告诉我,会不会有人试图卖给埃博尔·克罗珠宝银器?"

我想了一下,或者说试图让他认为我在想。"埃博尔不收皮草,"我说,"徽章、钱币、珠宝,这是他的领域。

银器，嗯，如果我手上有个列维尔[①]的大啤酒杯，会考虑卖给埃博尔，但是我知道普通的银器他没兴趣。当然，自从银价暴涨之后，他可能会改变主意，但是现在谁会把银器卖给赃物收购商？你只要随便到哪家银器店，他们通常会论重量收购，然后重新熔铸。或者，如果你怕兑换支票有麻烦的话，就找个合法的中间人，让他替你卖，根本不需要通过赃物收购商。我无法想象有谁会拿大批的银器去找埃博尔。"

"我也是这么认为的。伯尼，谁在你的浴室里？"

"葛丽泰·嘉宝。"

"她想一个人清静清静吗？"

"没错，她是这么跟我说的。"

"我想她应该不会撒这种谎，或者是你在撒谎。我知道她不是昨天那位女士，烟灰缸里没有烟蒂，而且她用的是另一个牌子的香水，在这里我还是第一次闻到。"

"时间已经很晚了，雷。"

"时间永远不可能太早，不是吗？伯尼，你从科尔卡农的保险柜里拿走了什么东西？"

"我可没碰什么保险柜。"

"他列了一些放在保险柜里的东西：一块手表，还有

[①] 保罗·列维尔（Paul Revere，1735—1818），美国独立战争时期的英雄。他本是一名银匠，有天他听到英军即将入侵的消息，于是连夜骑马通知波士顿居民准备迎战。

珠宝，应该是耳环。我们在马尔盖特那里没发现，但如果我们在河滨路发现，那可就有趣了，你说是吗？"

"我不知道你想做什么。"

"实话告诉你，伯尼，大部分时间我自己也不知道。我只是到处翻翻，看会找到什么，就像在玩拼图游戏，不断地尝试错误，拼拼凑凑，看会得出什么结果。"

"那一定很有趣。"

"你怎么认识马尔盖特的？"

"我不认识他，这两块拼图凑不起来。"

"凑不起来？我敢说凑得起来。你怎么知道他叫兔子的？"

"那是因为你这么叫他，雷。"

"我可不这样认为。我叫他乔治。"

"没错，第一次你是这么叫他的，但是后来你叫了一次兔子。"

他摇头。"我还是不相信。我故意不叫他兔子，就是要看看你会不会说漏嘴。"

"那一定是你自己说漏嘴了。"

"或者是你。"他摘下帽子，整理一下帽檐，又戴上，"好了，我该回家了。你可以让那位年轻的小姐从浴室出来了，这种时代没什么好害羞的。不过这也只是我在说而已。关于这些案子，你始终还是有点嫌疑，"他叹了口气，"小偷和赃物买卖商，他们总是有美丽的窗外风景和女人。

你在我家浴室可以看到的女人只有我老婆。从我家的窗户看出去，看到的不是霍利亨太太晾的衣服就是霍利亨太太本人，如果要我选，我宁可看到那些衣服，真的。"

"我可以想象。"

"我相信你可以。伯尼，我真的不愿意看到你栽在科尔卡农这件案子上。我们已经抓到兔子了，你为什么还要浪费时间，明白我的意思吗？"

我什么也没回答。

"而且如果我能因此省掉一些工作上的麻烦，便会忘记那些无关紧要的小事，你明白吗？"

我懂他的意思。

雷走了之后，我把门锁上，又在门边站了好一会儿。接着我把门打开看着整个走廊，确定一直到电梯那儿都没有人——除非他聪明地想到要躲在墙角——他真的是走了。

我把门再度锁上，然后走到浴室门口，告诉玛丽琳他已经走了。

我们刚才的谈话她全都听到了。我又和她聊了一会儿，之后，她似乎已经相信我和旺达·科尔卡农谋杀案无关。她说她知道兔子同样没杀人，她得设法帮他洗清罪名。

我问她："他的同伙呢？有多少人和他一起作案？"

"只有一个。"

"你知道是谁?"

"我不知道该不该告诉你。"

"我不会告诉任何人,而且就算他还没有被捕,警察可能也已经知道他是谁了。"

"兔子不会出卖他的。"

"他可能会,"我说,"大部分的人都会,只是时间问题罢了。就算兔子的嘴巴再严,警察还是很可能像逮到兔子一样逮到他的同伙。附近的人会把事情拼凑起来,然后向警察告密。"

"为什么你想知道是谁?"

"因为他很可能和兔子分赃之后,又一个人回去,想办法打开保险柜。或者他又找了另一个人。"

"哦,"她把一根手指放在尖下巴上。我注意到她的眼睛很大,根本不需要那些化妆品。"我认为哈伦不会这么做。"她说。

"哈伦?"

"哈伦·瑞斯。他们一起干的。如果哈伦又回去——不可能。我想他不会这么做,他不会不告诉兔子。"

"也许他们一起回去的。"

"你还是认为兔子杀了旺达?"

"我没这么说。可是你怎么知道哈伦做了什么?"

"我确定兔子绝对没有再回去。"

我没再多问。我们继续谈我和卡洛琳假设过的第三批小偷。当我解释我的想法时，简直就像要解释《麦克白》里的第三个凶手一样伤脑筋。一群闲荡的混混在屋顶上搜寻猎物，碰巧发现被打破的天窗，于是临时起意进去偷窃，出来之前又不小心杀了人。

原本我还真的相信自己的推测，现在想想，它的可信度几乎为零。

雷是对的，虽然他的根据是错误的。杀克罗的凶手和杀科尔卡农的凶手也许真的有某种关联，而还兔子马尔盖特清白的唯一方法就是找出真正的凶手。警察不可能去做这件事，他们认定已经抓到真正的凶手了，为什么还要花工夫去找别的人？

如果不赶快还兔子清白，我的麻烦就大了，因为兔子的姐姐知道她弟弟离开之后我也闯进过科尔卡农的房子，而且雷现在弄清楚了我在他提到兔子之前就知道有这个人。雷应该会推测我和科尔卡农以及和克罗之间有某种关联，他迟早会采取行动。

首先，他可能会像我一样彻底地搜查埃博尔的公寓。电话里的钱和书里那些稀有的邮票，他可能会遗漏，但是雪茄盒底层的手表和耳环一定会被他找到，那样他一定会再采集一次指纹。

那我的麻烦可就大了。他们已经在发现埃博尔的尸体后采过一次指纹，这也就是为什么我进去的时候没戴手套，而且老实说我也忘了要随身带一副手套。现在那该死的地方到处都是我的指纹，虽然指纹不能证明我杀了人（因为那些指纹在他们第一次搜查的时候还没有），但是那的确证明在埃博尔死后我进过他的公寓，我该怎么解释？

我拿起电话打给卡洛琳，没人接；再打给丹妮丝，杰瑞德说她还没回家。我想电话一定有问题，我一直试着打电话找人，有人一直试着打电话进来，但是始终没有联系上。我的生活将成为这个疏离年代沟通不良的象征。我拨了二四六四二〇〇〇，电话通了，我就这样拿着电话足足有一分钟没有开口，然后放下听筒转向玛丽琳，她正疑惑地看着我。

"你什么也没说。"她说。

"是的。我要帮你的忙。"

"怎么帮？"

"让他们放了兔子。"

"你要怎么做？"

"找出第三批小偷——杀旺达·科尔卡农的真正凶手。"

我真怕她继续问我要怎么做，我一定答不上来，但是她却问我为什么。

"因为刚才那个电话，"我说，"那是电话祷告。"

"很有趣。"

"我是认真的。今天的祷告内容大致是这样的：'哦，上帝让我今天做一件我从来没有做过的事，引导我走向帮助他人的新道路。'当然还有其他的，这只是重点。"

她那画出来的眉毛挑了一下。"电话祷告。"她喃喃自语。

"如果不相信,你可以自己打一个试试。"

"这就是你要帮兔子的原因?"

"这还不够吗?"

"够了,"她说,"我想够了。也只能这样了。"

15

玛丽琳想立刻离开。不管有没有可能,她得去找个律师想办法把兔子先保释出来。她说她也得和哈伦·瑞斯联络。我警告她,雷·基希曼有可能在大厅等着或者在对面街上偷偷监视。她马上改变了主意。

"哦,天哪,我最好待在这里。"

我看着她,真是不折不扣的红与黑。我闻着她身上的香味,惊讶地听到自己的声音在说:"这不是好主意,你有事要办,我也有事要解决。我们最好现在就分头去做。而且雷很难缠,他很有可能带着一张搜索令和一把铁锹再回来,到时候浴室可就不再神圣不可侵犯了。但是也许你应该把枪留在这里。"

她摇头。"枪不是我的,是我们老板的,她怕万一有人来抢劫。我想她只是喜欢拥有一把枪,你明白吗,我的意思是说,谁会来抢美容院?"

"那是你工作的地方?"

她点头。"对。我们有四个人,再加上玛格达,她是老板。我明天要上班,到时会把枪放回去。"

"很好,可如果警察在你皮包里发现了枪——"

"我知道。"

我们来到走廊上,我正在锁最后一把锁的时候,电话又响了。我咬着牙,即使现在再把所有的锁打开并冲进去接电话也来不及了,而且如果我真的接了电话,很可能又是推销杂志什么的。该死!我们乘电梯通过一楼进到地下室,走过洗衣房和灯光微弱的走廊,一直到后门。我帮她把门打开,她上了几级台阶,撑开那把红黑色的伞,消失在夜色里。

回到我的房间,我盯着电话想:我和玛丽琳出去的时候它响了几次?现在它又不响了。这会儿打电话给别人已经太晚了。不过我还是拨了卡洛琳的号码,她不在家,我一点也不惊讶。

四杯意大利浓缩咖啡的效力渐渐消退,我给自己倒了一大杯威士忌,准备用来驱散咖啡的效力。我把一整杯威士忌喝下去,然后又从酒柜里拿出一个大一点的杯子,倒了牛奶,再加了点威士忌进去。这真是最完美的睡前酒——牛奶保护你的胃,威士忌伤你的肝。

电话响了。

我冲过去，强迫自己先吸一口气。一个男人的声音，这声音我在二十二小时之前听过。他说："罗登巴尔，我要那枚镍币。"

"谁不想？"

"什么意思？"

"每个人都想要那枚镍币，我自己也想要。"

"别跟我开玩笑，我知道钱币在你手上。"

"它曾经在我手上，现在已经不在了。"

他突然不说话了，我差点以为他已经挂了电话，最后他开口说："你说谎。"

"我没说谎。你以为我会笨到把它跟钥匙、护身符一起放在口袋里吗？我不会这么做，更不会把它放在家里让小偷来偷，就像你听到的那些遭窃的人家。"

我最后一句话一点也没让他发笑。"你能拿到那枚钱币？"

"我知道它在哪里。它在我拿得到的地方。"

"现在就去拿！"他说，"开个价钱。我们可以见面，我整个晚上都有空，而且——"

"抱歉，恐怕不行。"我打断他的话，"如果我没睡够，早上起来脾气会很不好，而且就算我愿意，晚上这个时间也拿不到那枚钱币。恐怕我们得等到明天。"

"明天什么时候？"

"很难说。把你的电话号码给我。"

这次我听到了笑声。"不行,罗登巴尔,最好是我再跟你联络。估计一下你需要多少时间去拿那枚钱币,然后在约定的时间回到你的地方。我会打电话给你,你只要说个时间。"

换句话说,就是带着那枚钱币在某个确切的时间出现在某个确切的地点。"不方便,"我回答,"这样吧,告诉你另外一个电话号码,明天下午两点我会在那里。"

"电话号码是多少?"

我把卡洛琳的号码给了他。她从一个叫内森·阿拉诺的人那里分租了那间公寓,根据租赁保护法,名义上那间公寓是阿拉诺租的,所以电话登记在他的名下——住在纽约的人有一半用这种方式租房子,另一半的人每个月付五百美元租一间小套房。他应该不可能根据电话号码查出地址和姓名,就算真查出来了,他又该到哪里去找内森·阿拉诺?卡洛琳每个月仍然以他的名字寄钱给房东,我们都知道他几年前已经因为水灾死了。

他重复了那个电话号码。"那枚钱币,"他说,"还有谁知道你有那枚钱币?"

"没有人。"

"你没有同伙?"

"我向来单独工作。"

"你没跟任何人说过?"

"我跟很多人说过话,但是都和那个钱币无关。"

"所以说没有人知道你有那枚钱币。"

"据我所知，也没有人知道它不见了，"我说，"除了你、我、赫伯特·富兰克林·科尔卡农。除非他告诉了别人，但是我想他没有。"否则雷·基希曼早就开始追踪那五十万美元了。如果是那样，他的口水肯定早已流满我的地毯。"他很可能没有把它列在失窃清单上，因为他还没买保险或是其他原因。"

"我确定他没有把它列在失窃清单上。"

"当然兔子有可能说。"

"兔子？"

"乔治·爱德华·马尔盖特。不是你让他去偷的吗？你应该找一个会开保险柜的人去，我猜那枚钱币是你通风报信的酬劳。"

他低声地笑。"很聪明。我早该找你。"

"你早该这么做。请问你是谁？"

"你现在还不需要知道。"他说，"我明天两点会打电话给你。这部电话是在格林尼治村附近，对吧？"

"我在东第十一街有家书店，那里有两部电话，一部登记在电话簿上，另一部没有。你手上就是没登记的那个号码。"

"要不我干脆到你店里找你。"

"不行，"我说，"两点打电话给我。"

　　　　　＊　＊　＊

　我挂上电话，去端牛奶加威士忌。牛奶变得有点温，不过如果想睡觉，喝温牛奶最好。我坐下来啜了一口，然后想到我今天说了不少谎话。电话祷告没说要诚实，只是说要帮助他人。而我这一天做的事如果不叫帮忙，还能叫什么？

　电话又响了，我接了起来，是卡洛琳。"我整个晚上都在打电话找你，"她说，"到底发生了什么事？伯尼，不是没有人接就是占线，有一次我还拨错了号码，到底发生什么事了？"

　"什么事都发生了。"

　"你需要配眼镜吗？"

　"什么眼镜？"

　"你不是说要去看眼科吗？"

　"哦，没错。"

　"你需要戴眼镜吗？"

　"不需要。医生叫我最好不要在黑暗中看书。"

　"这个我也可以告诉你，你还好吧？你的声音听起来很奇怪。"我懒得告拆她，她的声音听起来提高了半个音。"我很好，"我说，"只是很累。发生了很多事，不过现在没办法告诉你。"

　"有人在旁边吗？"

　"是的。"我说。突然想到我今天最好不要再说谎，免得鼻子越来越长。"没有。"我说。

"到底有没有人？"

"我一个人在家，"我说，"可是脑子显然有点昏了。你在家吗？"

"不，我在酒吧，怎么了？"

"晚一点会回家吗？"

"除非我今天运气好找到伴儿，但是现在看情况不太乐观。怎么了？"

"明天早上你会在家吗？还是会在店里？"

"星期六我不工作，已经不需要了。伯尼，自从我开始偷，收入就有了改善，你忘记了吗？"

"如果你醒来，也许可以到店里把电话答录机拿回家。"我说。

"我为什么要这样做？"

"十点左右我会到你那里去，到时候再告诉你所有的事。"

"天哪！希望如此。"

我挂上电话。可它又响了，这次是丹妮丝，她终于回到了家，所以回了我电话。我问她一点半是否需要一个伴。

"现在已经差不多一点半了。"她说。

"我是说明天下午，我只待几分钟。可以吗？"

"当然。只待几分钟?"

"最多一个小时。"

"当然可以。这是不是我们之间关系的新发展?伯尼,你是不是开始跟我预约打便炮了?"

"不是,"我说,"我一点半或一点四十五分过去,到时再跟你解释。"

"我等不及了。"

我放下电话,脱掉身上的衣服。脱下袜子之后我在床边坐了一会儿,检查我的脚。我从来没有注意过自己的脚,也从来不觉得它们太窄,但是现在果然看起来又长又窄又瘦又可笑,而且毫无疑问,我的第二个脚趾确实比大脚趾长。我试着把过长的第二个脚趾缩起来,把大脚趾伸长。没用,我懒得再去管了。

没错,我有摩顿脚,这虽然不像得了梅毒那般令人惊恐,但也不能说让人感到高兴。

这时电话又响了。

我接起来,是个女人的声音,带英国腔:"对不起!请再说一遍?"

"哦?"

"伯纳德·罗登巴尔先生吗?"

"是的。"

"我以为我打错电话到气象局了。你刚才说:'不下则已,一下倾盆。'①"

"我不知道我说得那么大声。"

"你说了,而且现在外面真的在下雨。对不起,这么晚了还打电话给你。先前我试了几次,但没找到你。我叫杰西卡·加兰德,我不知道你有没有听过我的名字?"

"好像没有,但是我现在脑子不是很清楚,否则接电话的时候不会说一句从间谍片里听来的暗语。"

"你知道吗,其实这事听起来确实有点像间谍片,我以为我外公曾经提到过我,罗登巴尔先生。"

"你外公?"

"埃博尔·克罗。"

我悬着下巴张大了嘴,过了好一会儿才说:"我从来不知道埃博尔有个外孙女,甚至不知道他结过婚。"

"我不知道他有没有结过婚,不过可以确定的是他没有和我外婆结婚。我外婆出生在布达佩斯,大战前他们在维也纳相识相爱。纳粹一九三八年入侵奥地利的时候,我外婆逃离了那里,当时她什么也没带,只有身上穿的衣服和抱在手上的我母亲,外公临别时送的礼物是一些值钱的稀有邮票,外婆把它们藏在大衣夹层里。她从维也纳逃到比利时的安特卫普,在那里卖了邮票再逃到伦敦,到了伦

---

① 原文为 It never rains but it pours,意思是"祸不单行"。

敦却不幸死于空袭轰炸。外公被送到集中营，最后幸运地活了下来。"

"你母亲——"

"外婆死的时候她只有五六岁，后来被邻居收养。她很年轻就结婚生了我。她一直以为自己的父亲已经死在了集中营或是战争中。大概六年前，她才知道事实不是这样。我说得太多了，希望没有打搅你。"

"不，不，听起来令人感动。"

"是吗？有一天外公出现在我们位于克洛顿的家门口，更精确地说是在门前的台阶上，他好像雇了侦探，最后成功地追踪到了妈妈。那是一次令人欢喜的重逢，但是不久他们就发现彼此没有什么话可说。妈妈现在是典型的英国郊区家庭主妇，而外公——你也知道他的生活方式。"

"是的。"

"他回到了美国，常常给我们写信，但是多半是写给我和弟弟而不是妈妈——我有一个弟弟。两年前外公写信提议我何不到美国住一阵，这个提议来得正是时候，我辞掉了讨厌的工作，和我年轻却无聊的男朋友分手，上了飞机。长话短说，你知道的，通常人们说'长话短说'的时候都太迟了。总而言之，从那时候起我就在这里了。"

"在纽约？"

"事实上在布鲁克林。你知道圆石丘吗？"

"听说过。"

"刚开始我住在格拉梅西公园附近的一个女子旅馆，后来才搬到这里。我现在的工作好多了，同居的男朋友是个有趣的人，事实上我一点也不想念英国的家。我的话太多了，可能是太累的关系——身体上的，情绪上的。我打这个电话其实有一个特别的原因。"

"这个我一开始就知道了。"

"你真是个值得信任的人，外公常常提到你，不只是把你当作——哦，说生意上的伙伴可以吗?"

"就这么说好了。"

"而且也当作一个朋友。现在他过世了，这个你想必已经知道了。我很难过，他一定死得很惨。我希望他们赶快抓到凶手，但是现在我必须料理一切。我不知道他希望有个怎样的葬礼，因为他从来没有说过自己会死这类的话，除非他留了信件之类的东西，但是到现在为止还没有人发现。而且警察把他的尸体扣留在太平间，不知道什么时候才能领回，如果是这样，到时候我只想办一个非正式的小小的私人葬礼，但是现在我想办一个追悼式，你认为呢?"

"很好啊。"

"事实上我已经安排好了，选了亨利街的一个救世主教堂，在议会大楼和阿米提街之间，就在圆石丘这里，你知道地方吗?"

"我想我应该找得到。"

"这是我找到的唯一肯让人在星期天办追悼式的教堂。时间是下午两点三十分。因为外公不信教,所以没有宗教仪式。外公也有爱好精神事物的一面,我不知道他在你面前有没有表现出来。"

"我知道他喜欢看书。"

"是的,他喜欢看所有伟大的道德哲学家的书。我已经告诉了教堂的人我们有自己的追悼式,我的男朋友克莱会在追悼会上朗读,他很喜欢我外公。我自己可能也会朗读。我想你会来参加这个追悼式吧,罗登巴尔先生?"

"叫我伯尼,我会去参加。我可能也会找些东西朗读,这主意很不错。"

"或者就说几句话,完全看你自己的意思。"她犹豫了一下,"还有一件事,我每隔几个星期就会去看外公一次,我们在某些方面很亲近,但是他很少提到生意上的朋友。我知道你是他的朋友,除了你之外我还知道一两个这样的朋友,可是你也许还知道其他人,其他可能来参加追悼式的人。"

"我想想。"

"你能不能替我邀请你认为应该邀请的人?"

"这个没问题。"

"我和外公住的大楼的邻居谈过,有一个邻居太太会在大楼的大厅贴一张通知。我应该在那附近办追悼式才对,有些邻居认为要跑到这里来有点困难,可是我已经安排好在救世主教堂的追悼式了,我希望他们不会介意到布鲁克林来。"

"也许对他们来说,这会是一趟新鲜刺激的旅程。"

"我只希望天气转好,据说雨到星期天就不下了,可是气象预告不一定准。"

"是有可能不准。"

"我很抱歉发生了这样的事,罗登巴尔先生。"

"叫我伯尼。"

"伯尼,已经很晚了,我累了,可能比我想象得还累。你会来吧?星期天下午两点半。你会邀请你想到的人?"

"我会的,"我说,"而且会带我要朗读的东西。"

我写下时间、地点和教堂的名称。卡洛琳一定会去。还有谁?

我躺在床上试着想我认识的人中还有谁会去参加埃博尔的追悼式。我不认识其他小偷,长久以来我就比较喜欢和守法公民做朋友。我不知道埃博尔有哪些朋友。雷·基希曼会想去吗?我想了一会儿。他会去,我想。

我让思绪飘浮。埃博尔有个外孙女。杰西卡·加兰德到底多大?她的妈妈一定是在一九三六年左右出生的,如果她真的早婚又很快生下杰西卡,那她很可能二十四五岁。我可以想象埃博尔用什么哄她这个年龄的女孩:编造一些过去在维也纳咖啡馆的动人故事,还有吃不完的水果甜饼和巧克力奶油酥饼。

可他从来没在我面前提过她,这只老狐狸。

我已经差不多睡着了,突然有个想法又把我唤醒。我下床找到一个电话号码,拨了过去,电话响了四声之后有个男人接了。

我就像在做电话祷告似的一句话也没说,我听到那个男人不耐烦地说了几声"喂",还听到偶尔有狗叫声,然后电话挂断了——是那个人,我想,当然不是那只狗——我又回到床上。

16

在那几个深夜电话之间,我找到空当去做的唯一的事就是拨闹钟,现在它发疯似的响个不停。我起床,迷迷糊糊摸索着去洗澡、刮胡子。喝了一杯咖啡之后,我拧开收音机,烤了几片全麦面包再涂上奶油果酱,把面包囫囵吞进肚子,又喝了几口咖啡。我拉开窗帘,眨着一只眼看着外面的晨光。

天气看来很有希望放晴,即使用一只眼睛也能发现。东方,乌云仍然遮着刚升起的太阳,但是西方已经晴朗。风就从那个方向吹来,把昨天的天气扫向大西洋,那正是它该去的地方。哈得孙河上方的天空是明显的蓝色调。

我又给自己倒了杯咖啡,拿着电话簿舒舒服服地坐在椅子上,难过地看着我的摩顿脚。现在只好让我的手指替它工作了。

第一个电话打给美国钱币协会,它位于我所在这幢大楼以北约四英里的百老汇一百五十六街。我自称是詹姆斯·克莱文,《纽约时报》的记者,说我正在写一篇有关一九一三年V镍币的专题文章,想请教一些跟镍币有关的事,比如说,真的像传言所说只有五枚那样的钱币存在吗？那些镍币现在都在什么地方？镍币最近一次换主人是什么时候？交易的价钱是多少？

几乎人人都喜欢和新闻界合作,你只要说你是记者,就可以不停地问一些费时间又没礼貌的问题,而他们唯一的要求就是你不要把他们的名字写错。和我说话的人是一个叫斯凯芬顿的先生,他说他需要一点时间,可以再回电话给我,我告诉他我可以在电话里等。我等了十分钟,当他为我奔忙的时候,我晃着脚趾,喝了几口咖啡。

过了一会儿,他回来了,告诉了我许多关于V镍币的事,比我真的想知道的还多,其中有很多内容和埃博尔星期二晚上告诉我们的相同：确实有五枚这样的镍币,其中四枚现在是博物馆的收藏品,一枚属于私人收藏。他可以告诉我那四个收藏的机构和私人收藏者的名字。

至于价值方面,他没办法帮我。美国钱币协会是一个高尚的团体,他们只对知识方面的东西感兴趣,比如,钱币的种类、历史背景等,他们不管价钱之类粗俗的事。斯凯芬顿先生手上的资料显示,最近一次买卖是在一九七六年,以十三万美元成交,这一点埃博尔那天晚上也提到了,而且据埃博尔当时所说,从这之后V镍币就身价暴涨。

我一一给四家博物馆打电话。华盛顿斯密森博物馆负责钱币和徽章的馆长是一个带复姓、声音枯燥的先生,他证实斯密森博物馆的馆藏品中有一枚一九一三年的V镍币,是一九七八年由亨利·诺伟伯太太捐赠的。

"那枚镍币是永久性的展览品,"他告诉我,"而且非常受欢迎,参观的人总是赞叹不已。我们的镍币是雾面的校样,除此之外它和其他的自由女神头像镍币没有什么差别。单就钱币设计来看,没有什么特别的。你也许会说面值两毛五分的自由女神全身像钱币或是知名雕刻家圣高登斯设计的深浮雕式二十美元金币很漂亮,但是自由女神头像镍币到底好看在哪里?发行年份?没错,这就是它的价值所在:稀有再加上那些传说。人们看到钻石也会发出同样的惊叹,而事实上他们根本无法用肉眼分辨真的钻石和玻璃珠。关于我们的那枚镍币,你真正想知道的是什么?"

"我只想知道那枚镍币是不是还在那里。"

他干笑了几声。"哦,它还在这里。我们还不需要把它花掉,现在一个镍币已经买不到什么东西了,我想我们会继续保存它。"

在波士顿艺术博物馆工作的一位女士也证实,他们馆里确实有一个一九一三年的V镍币,而且非常受欢迎。那枚镍币是在第二次世界大战刚结束的时候,馆方获得的遗赠。"这是一枚非常重要的钱币,"她说,声音听起来就像照着目录在念,"能保有它,我们感到十分荣幸。"

辛辛那提科学工业博物馆的副馆长也同样非常高兴能保有这第三枚V镍币，那枚镍币从二十世纪三〇年代起就在那里了。他告诉我："过去几年，我们已经卖掉了大部分的钱币。我们有预算上的困难，而钱币在最近几年价值突然暴涨，如今它们在资产价值方面和我们其他展览品的观赏价值不成比例，所以我们必须淘汰所有的钱币，就像淘汰邮票一样，不过我们的邮票毕竟不是最高级的收藏。但是一九一三年的V镍币一直是我们馆里的明星，据我所知并不打算要卖掉。那枚镍币很受欢迎，尤其是小朋友。我敢说现在一定有人正站在橱窗前欣赏它。"

第四枚V镍币原本属于巴尔的摩历史协会博物馆，直到一年多前才转手。一位操南方口音的女士告诉我："那枚镍币曾是我们馆里唯一重要的钱币，我们真的只对和巴尔的摩历史有关的东西感兴趣。人们通常希望自己珍藏的宝贵东西能进博物馆，但是相反地，我们只想要历史留给我们的东西。我们保有那枚镍币很多年，当然它的身价一直在涨，偶尔我也听到有人建议将它交付拍卖或是私底下卖给其他机构。有一天费城某个致力于钱币收藏的基金会表示，他们愿意提供一幅科普利①的查尔斯·卡罗肖像和我们交换那枚镍币。"她开始向我解释，"查尔斯·卡罗生于安那波里斯，他曾经是大陆议会的一员，签署了独立宣

---

①科普利（John Singleton Copley, 1738—1815），美国著名的肖像和历史题材画家。

言,也曾是参议院议员。"至于科普利,我知道他是谁。

"我们实在无法拒绝。"她很严肃地说。我想象马龙·白兰度演的黑手党教父拿着枪指着这位南方美女的头,要求她用镍币交换肖像。

那个在费城的机构叫美国国际钱币美术馆,和我通话的人叫作米罗·拉克斯,他把他的名字拼了一遍,还向我解释他有个顶头上司叫作霍华德·皮特曼,他把这名字也拼了一遍。今天是星期六,皮特曼不上班。

拉克斯证实他们馆里确实也有一枚一九一三年的V镍币。"那是我们经典美国货币系列中的一部分,"他说,"你知道什么是经典系列吗?就是每种设计收藏一个样本。经典系列越来越受欢迎,因为已经很少有业余收藏家有能力根据年代和铸币厂印记收集完整成套的钱币了。我们当然就没有这个问题,因为鲁斯兰德先生很大方地给我们美术馆提供了足够的基金。"

"鲁斯兰德先生?"

"自由钟铸币厂的戈登·鲁斯兰德先生,你也许知道他们为收藏家出的纪念币系列。"

我的确知道。这个铸币厂就像费城的富兰克林铸币厂一样,专门制造一些当代的纪念币。在广告中他们经常暗示购买的人,这些银质纪念币的价值有一天会超过它们本身所值,它们通常成了二手市场的滞销货。有几次我把这些成套的纪念币留在主人的抽屉里,根本不想拿,因为我认为没有偷的价值。这些该死的东西，现在它们真的比当初本身的银价飞涨了三倍。

据说鲁斯兰德在三年前创立了美国国际钱币美术馆，除了他自己的私人收藏之外，还捐赠了一大笔钱。美国系列，也就是包含一九一三年的 V 镍币的那一套，是该馆极受欢迎的一套。

"在每个经典系列中，"拉克斯解释，"只要是同类型，任何钱币都可以收入，但是美术馆的收藏则只针对每一类型中最稀有的制造年份和变体铸造，而不是普遍流通的样本，比如一八七三至一八七四年的一角钱硬币，在铸造年份的旁边铸有两支箭。那些在费城和洛杉矶铸造的却没有流通的样本，价值大概在六七百美元到一千甚至一千两百美元之间。我们的是一八七三年在卡森市铸造的，这一枚钱币的品质远超过七年前在凯金拍卖会中以两万七千美元卖出的那一枚。

"现在放置 V 镍币的地方，原本放置的是一枚一八八五年铸的样币，那是那一系列中最稀有的铸造年份，价值大约一千美元，是流通钱币的两倍。当初对于是否要收集一九一三年的 V 镍币我们还有疑问，因为它不是合法发行的钱币，但是巴尔的摩历史协会博物馆有意思要转手，鲁斯兰德先生就马不停蹄地周旋，最后我们终于拥有了这枚镍币。他碰巧收藏了一幅科普利画的肖像，而且他知道他们很想要。"

于是我又听了一遍查尔斯·卡罗肖像的故事。和拉克斯先生通完电话之后,我还得打电话到俄克拉荷马州的斯蒂尔沃特找一个叫德尔·阿诺特的人。阿诺特先生显然拥有佩尼郡大部分的土地,他原先在他的土地上牧牛,现在他把牛赶跑,准备挖油井。他确实曾经拥有一枚一九一三年的V镍币,一九七六年他以十三万美元买下那枚镍币,但是一两年前又以二十万美元的价格卖掉了。

"那枚镍币带给了我很多乐趣,"他说,"在钱币大会上,我直接把它从口袋里拿出来,和其他人掷硬币赌喝酒时谁付钱请客,看着那些人脸上的表情真是刺激。我认为钱币就是钱币,为什么不能拿来赌正反面呢?"

"你不怕损坏它的价值吗?"

"一点也不怕,它原本就有些磨损,这样更好。你知道,那枚镍币的表面已经不像刚出炉时那么新了,我猜其他四枚可能好得多,我曾经看过在斯密森博物馆的那一枚,我的没那么新。我很高兴拥有这么一枚镍币,一直到后来,有位先生出了不错的价钱要买它。我告诉他,如果他把价钱提高到二十万,他马上就可以拥有那枚镍币。我可以告诉你他的名字,但是我不知道他会不会同意。"

我问那个人是否还拥有那枚镍币。

"除非他已经卖了。"阿诺特说,"你想做生意?我可以替你打电话问问那位先生,看他愿不愿意卖。"

"我只是个记者,阿诺特先生。"

"我正在想,在电话里充当记者有多简单,我自己就干过。除此之外我也当过浸信会长老,还当过几次律师。先生,抱歉,我并不想得罪你,你要当记者那就算你是记者好了,如果你想知道那枚镍币卖不卖——"

"我只想知道他是不是还拥有那枚镍币,不在乎他会不会卖。"

"好吧,把你的电话号码给我,我一个小时之后打电话给你。我倒要看看根据经验我的推测准不准。"

我把卡洛琳的号码给了他。

我又打了四个电话,分别打到华盛顿、波士顿、辛辛那提和费城。然后我打到了美国钱币协会,最后又打给一家在俄亥俄州席德尼叫"钱币世界"的杂志社。

我的手指替我完成这么多工作,我开始有点担心,无论怎么看我的手肯定是细长的——奇怪,我以前从来没有注意到这么明显的事:我的食指一定比拇指长。

这很清楚地表明:我有摩顿手。而且我知道它会导致什么:手掌疼痛、手腕骨刺、前臂韧带炎,而且迟早会得可怕的电话肩。

我挂上电话。管他呢,我得出门了。

17

中午时分,我到了卡洛琳那里。我腿上坐了一只猫,手上是一杯咖啡,尽可能地告诉女主人所有的最新状况。

这件事还算容易,但这几天一下子发生的事情太多,卡洛琳的头痛使我的任务变得有点困难,毫无疑问这又是宿醉惹的祸。也许一双合适的矫正鞋垫就可以解决所有的问题。

"我没办法忍受的是,你竟然没有找我就一个人跑到了埃博尔的公寓。"她说。

"不可能两个人一起进去,那太冒险了,一个人就容易得多。"

"你从埃博尔那里回来之后,什么也没告诉我。"

"我试了,我一直打电话找你。"

"伯尼,是我在一直打电话找你,不是没人接就是电话占线。"

"我知道,我一直打电话找每一个人,每一个人也一直打电话找我,这种事有时的确会发生。不过无关紧要,我们终于还是联络上了,不是吗?"

"是啊,可是你为什么昨天晚上没说,一直到现在才告诉我?"

"昨天晚上太晚了。"

"是吗?"

"而且也没什么好说的。"

"是啊,没什么好说的,你只是进了埃博尔的公寓,回到家还有个美容院的小姐拿着枪对着你,指控你陷害她弟弟被控杀人。"

"她不完全是这么说的。"

"我不在乎她怎么说。"

"你生气了。"

"也许吧。"

"你接受我的道歉吗?"

"你可以试试看。"

"好吧,"我说,"对不起,卡洛琳,我们是很好的工作伙伴,我也希望我们能继续合作。事情确实有些出乎意料,而且时间紧迫,当初我也不知道自己是不是进得了埃博尔的公寓。我只是走一步算一步。我一直在想,稍后一定会找到你。真的很抱歉。"

她坐在那里一句话也没说。过了一会儿,她对着那只正在用爪子扒沙发椅的俄罗斯猫蓝说:"别闹了,尤比。"

阿齐在我的大腿上，自以为是地呜呜叫着。

"不行！"卡洛琳说，"没有用。"

"你是说我的道歉？"

"对，没有用，我还是生气，我需要一点时间。是谁杀了旺达？"

"我不能确定。"

"那又是谁杀了埃博尔？"

"我也不能确定。"

"好吧。"

这时电话响了。我把阿齐赶走，接了电话。是阿诺特先生从俄克拉荷马的斯蒂尔沃特打来的，他没有要受话人付费，我想一个肯花十三万美元买一枚镍币的人大概不会担心他的电话账单。

"那位买了镍币的先生不愿透露他的姓名，"他说，"他可能是怕小偷或税务员什么的。那枚镍币他不卖，还在他手上，目前他不想卖。"

"管他呢。"我说，"我还是买一幅画算了。"

"至少你可以把它挂在墙上。"

"没错，就这么决定了。"

"看吧，我一开始就知道你不是记者。"

我把电话的内容告诉卡洛琳。"那枚原本属于阿诺特先生的镍币还在那位神秘买家的手上，"我解释道，"总之，它被人在手上把玩过，所以不可能是我们从第十八街带到河滨路的那一枚。"

她皱着眉头。"一共有五枚镍币。"

"没错。"

"现在有一枚在华盛顿,一枚在波士顿,一枚在辛辛那提,一枚在费城。"

"没错。"

"还有一枚,你俄克拉荷马州的朋友卖给了一位神秘买家,所以那人就是科尔卡农。但是又不可能是他,因为在科尔卡农家的那一枚很新。"

"没错。"

"所以加上科尔卡农的那一枚,一共有五枚镍币。"

"没错。"

"那我们偷的那一枚是伪造的。"

"有可能。"

"但是你不这么认为。"

"是的,我认为那一枚是真的。"

"这么说,事实上一共有六枚镍币。"

"不对,只有五枚。"

她神情困惑地坐了一会儿,最后甩甩手说:"伯尼,别闹了!我现在头痛得要命,除了平常用来思考的那一部分,而那一部分已经麻木了。拜托,你是否可以解释得简单一点,让我能听懂?"

我简单地解释了一番,好让她听懂。

"哦。"她说。

"听懂了吗?"

"嗯,那我先前问的问题呢?第三批贼把旺达杀了,你知道是谁?"

"我有个猜测。"

"你知道谁杀了埃博尔?"

"我也正在猜,但是不能确定,现在我也没有办法证明,而且——"

"伯尼,请你告诉我!"

"现在一切都还只是猜测,我实在不想说。"

"为什么?你要给我意外的惊喜吗?伯尼,如果你刚才真的是诚心诚意向我道歉,你就得证明。"

我在椅子上动了动,有人可能会说我是局促不安。"我们得离开这里,"我说,"也许我不该用你的电话号码,如果那个想买镍币的人能查出我的名字并且知道怎样找到我,说明他很可能和警察局有联系,或是他能通过电话公司查出电话的地址。我不希望我们留在这里让他找到,他知我两点会在这部电话旁边,所以——"

"我们还有时间,伯尼。你可以告诉我你的想法,我们有的是时间。"

阿齐伸展它的前脚。"猫不应该叫阿齐,"我说,"那只猫的名字是梅赫塔布尔,还记得吗?"

"它是一只公猫,喷——喷——它是雷克斯·斯托特的阿奇[①],而不是唐·马奎斯的阿契[②]。"

"哦。"

"我可以随便抓一只蟑螂,如果我知道那是一只母蟑螂的话,就叫它梅赫塔布尔。我们为什么坐在这里谈蟑螂?你故意引开话题,你这家伙!"

"被你看破了。"

"好了,转回正题,谁杀了旺达和埃博尔?"

我放弃了。我把一切告诉了她。

之后我们打开电话答录机,我录了一段简短的留言,要打电话来找我的人打到丹妮丝那里,我留了丹妮丝的号码。

我从卡洛琳的衣橱里拿出我的公文包,那幅夏加尔的版画还放在公文包旁边。我们出门叫了一辆出租车赶向卡洛琳的店,我们进到店里,几分钟之后走出来时,我的公文包比先前重了一些,卡洛琳把门锁上。我们又叫了一辆出租车,这次是到窄廊画室。

在路上,她问我们为什么要去丹妮丝那里,我说我已

[①]雷克斯·斯托特(Rex Stout, 1886—1975),侦探小说黄金时代的代表作家之一,和S.S.范达因、埃勒里·奎因并称为"美国古典侦探小说三大家"。阿奇是他的系列小说主人公尼禄·沃尔夫的助手。
[②]唐·马奎斯(Don Marquis, 1878—1937),美国新闻记者和作家,著有《阿契与梅赫塔布尔》和《老酒鬼》等。

经和她约好了,而且希望她们两个能好好相处。

"你的品位就不能高一点吗?漂亮迷人的女人纽约到处都是,你看,安吉拉如何?"

"哪个安吉拉?"

"'饶舌酒鬼'酒吧的安吉拉。"

"你不是说她是同性恋吗?"

"这个我还得再调查一下。星期一我要去问她一个问题,确定她到底是不是,免得我瞎猜。"

"什么样的问题?"

"比如说,'安吉拉,我们俩结婚好不好?'"

"你不觉得问得太隐晦了吗?"

"好吧,我再想想看该怎么问。"

从丹妮丝脸上的表情可以清楚地看出,她看到我时的喜悦被卡洛琳的出现一扫而光。"哦,狗小姐,"她说,"我一下子想不起你的名字。"

"卡洛琳,"我说道,卡洛琳几乎同时开口说,"你可以称呼我凯瑟小姐。"

这会是个漫长的下午,我在想。幸好我不用在这里待太久。

"啊,我没有认出你来,"丹妮丝说,"我不记得你有这么矮,第一眼我还以为你是个小孩。"

"那是因为我气质天真。"卡洛琳说。她走到一幅引人注目的画前，歪着头，手叉腰。"画画一定很有趣，尤其当你不用管它看起来像什么的时候。你就只会用一些颜料涂涂抹抹，是吗？"

"我去煮咖啡，"丹妮丝说，"我想凯瑟小姐一定想吃点什么。"

"不，谢谢了，"卡洛琳说，"我最近没什么胃口，也许我得了厌食症，我知道有些女人年纪大一点就会得这个病。"

她们就这样继续斗下去。如果她们两个不是我喜欢的人，我也许可以坐下来好好观赏，但上帝知道，我实在插不上手。她们不需要裁判，她们自己就做得很好，根本不需要有人来计分。据说，杰瑞德打算下午出门，这表明他有很好的判断能力。

两点整，电话响了，我拿起话筒靠在耳朵上，然后听到一个熟悉的声音，于是点点头把话筒拿给卡洛琳。

"你要找的人还没有到，"她说，"请十五分钟之后再打来。"她挂上电话，看着我。

我抓起公文包准备出门。"我要上路了，"我说，"你知道他待会儿再打来的时候该说什么？"

"要他到麦迪逊大道和第七十九街交会口的绅士咖啡店，然后坐在离门最远的那个桌位等。你会去找他，或是以麦迪逊的名字传叫他。"

"如果他问起钱币呢?"

"你已经拿到了。"

"很好。"

"你让我卷进你们的事,"丹妮丝说,"伯尼,你还在偷,对吗?一定是的。狗改不了吃屎,或者说,罪犯就是爱穿条纹服。"

"现在监狱里已经不流行穿条纹服了。"

"哦,可惜,它让人看起来更苗条。你果然知道里面流行什么,毕竟你在里面待过。你仍然是个小偷,现在还成了杀人凶手吗?"

她看着卡洛琳。"那你又是什么?他的帮凶?"

"卡洛琳会跟你解释所有的事。"我说。我一点也不羡慕这份工作。

我一下子坐了这么多次出租车,这已经是今天的第三次了,这次是到第十八街和第九大道的转角处。时间把握得刚刚好,两点十五分我在 $442\frac{1}{2}$ 号铁门的对面下了车,这时候他可能在打电话——很可能——因为十分钟之后铁门开了,赫伯特·富兰克林·科尔卡农走了出来。

我站在一扇阴暗的大门边,免得他看到我。结果,他看也没看就向左转,大步朝第十大道的方向前行,他不是想在那里叫出租车就是把车停在了那里。

不管那么多了。看着他走到转角后,我慢跑着过了马路——脚上还是穿着彪马鞋,尽管它太宽了。这是个天气晴朗的下午,街上人来人往,但是这一次我不在乎,因为我知道哪把万能钥匙能开铁门的锁。星期二晚上已经开过一次了,所以我过街的时候手里拿着那把钥匙,几秒钟之后已经进了大门,转身把大门又锁上。

我没戴手套,这次我不在乎。如果事情没成功,会有更糟的事发生,指纹根本算不了什么;如果事情成功,没人会管我在哪里留下了指纹。

我再一次通过大门走进那阴暗的走道,把公文包的锁打开,从里面拿出一把枪。

枪,这令人厌恶的东西。这一把看起来像钢制的,但是摸起来没那么冰冷,因为它实际上是用酚醛树脂做的,我猜它甚至可以混过安检上飞机。我把它拿在手上,让自己习惯手握武器的感觉,并且检查是否装了弹药。然后我穿过走廊。

我手握着枪,以防阿斯提德下午在花园里,我当然不希望如此。那只狗受过战斗训练,可我没有。我更不希望在毫无准备时就碰上它。我在走道口停下来,手握着枪,小心翼翼地看了一遍花园的各个角落。

没看到阿斯提德,也没看到半个人。我把枪放进腰带下的裤子口袋,夹克刚好可以盖住。我很快通过石板天井,没有多余的时间多看一眼郁金香、水仙、小鱼池和半圆形的长椅。

一个拥有这种花园的人,为什么还到处追寻幻影般的钱币?当然这可能不是他的花园,它可能属于前面那幢房子,但是他仍然可以来这里坐坐,不是吗?

我走上台阶,按了门铃。我已经看到他出门,可是怎么能确定他刚才是一个人在家呢?我把耳朵贴在门上倾听屋子里的动静。一阵狗叫声,我不用把耳朵贴在门上就听到了,然后有重物落地的声音,像衣柜或者说像一只激动的法兰德斯畜牧犬。狗叫声不断,而且越来越大,现在我和狗之间只有一扇两英寸厚的木门。

我开始准备迅速地打开这扇门。

第一次开这些锁就不难,第二次当然更简单,我的手指还记得开锁的感觉。我数一二三,在短短的几秒钟之内就把所有的锁打开了。如果有人从前面那幢房子的后窗往这里看,我敢说他不知道我是在闯空门。

我转动门把,把门稍微推开。狗叫声更大、更尖锐了,现在听起来就像在发狂,或者只是我自己这样想。

我抽出手枪,再一次确定已经上了弹药。

我非得这么做不可吗?我难道不能关上门转身就跑?也许我可以赶到麦迪逊大道和第七十九街转角,和科尔卡农达成协议;也许——

不要拖延时间了,罗登巴尔!

我右手拿着枪,左手握着门把,用力把门推开。那只狗——那只巨大的黑色野兽凶猛地看着我，反射性地往后退，集中力气准备扑向我的咽喉。

我瞄准它开了一枪。

18

正中目标,那支镖击中了阿斯提德的左肩。法兰德斯畜牧犬的毛很长,我一时不能确定镖有没有偏离方向。刚开始我还以为真的偏了,因为它看起来没有反应。

镇静剂终于发生了效用,阿斯提德的前脚已经离地,目光突然呆滞,下巴变得松弛,爪子在空中乱抓,就像卡通电影里那只土狼每次跑出悬崖还想继续跑的样子。阿斯提德不行了,它一屁股坐了下来,然后再一次跳起来,身体摇摆,就像穿着高跟鞋的小孩,最后它发出悲鸣,一头倒在地上。

怎么量狗的脉搏?我真的试了,笨拙地摸索它的"手腕"——如果摸的是一只狗,你大概不会说那是手腕。最后我放弃了,因为我不知道为什么要这样做,它是死是活有什么要紧?如果它还活着,我只能让它继续睡;如果它死了,也没人能救活它。我的行动不管怎样还是得继续。

而且我没有太多时间。

我上了楼。卧室已经整理干净，打破的天窗用三合板钉了起来，那幅乡村田园画又挂回墙上盖住了保险柜。我把画从挂钩上拿下来，放在床上，画上是毛茸茸的羊群和脸颊红润的牧羊女。

我不确定是不是还记得保险柜的密码，在出租车上我一直在回想，试着排列正确的数字顺序。但是现在我手指一摸到转盘，问题就解决了，它们记得数字顺序。我很快就打开保险柜，就好像有人已经替我把号码写下来了似的。

五分钟之后，好吧，不超过十分钟，总之，我把画挂回原来的地方。然后我又做了几件其他的事：来到二楼的书房，坐在书桌前用一部时髦的仿古黄铜电话打到窄廊画室，简单地报告了我的行动进度，而且得知从卡洛琳叫他到麦迪逊大道和第七十九街交会口等之后，科尔卡农没再打电话来过。我问阿斯提德还有多久会醒。

"不知道，"卡洛琳说，"我买那把镖枪，是因为我想着可能有一天会派上用场，但是我从来没用过。说实话，我以为你会用不着它。我每次给阿斯提德洗澡，它都很乖，连叫都没叫过。"

"几分钟之前它还想咬死我呢。"

"那是地盘的关系，我猜。如果它不在自己的地盘上就会很乖。"

"如果它不在自己的地盘上，"我说，"我就不用碰它。"

我只想知道我还有多少时间。"

"你最好办完事就走,那些药在小狗身上的有效时间比较长,阿斯提德可不是小狗。"

"谢谢你告诉我。它比巴斯克维尔的猎犬①还恐怖。"

"那就赶快走!伯尼,如果你再给它一枪,它可能就活不成了。也许没那么糟,唉!我也不知道。"

我挂上电话,又拨了另一个号码,这次是打到麦迪逊大道和第七十九街的绅士咖啡店。我请接电话的小姐帮我叫麦迪逊先生来听电话,并且告诉她,他可能坐在最后面两个桌位中的一张。不一会儿,他来接电话了,问道:"你现在在哪里?"

"我和你一样在一家咖啡店里,我们现在最好不要说对方的名字,我不喜欢在公共场所通电话。"

"那你为什么不亲自到这里来?"

"因为我怕你。"我说,"我不知道你是什么人,但是你知道我很多事。你有可能会使用暴力,我可不愿冒这个险。"

"钱币在你身上?"

"我今天早上去拿了,但现在不在我身上,因为太危险了。我把它放在安全的地方,不过随时可以拿到。我打

---

①《巴斯克维尔的猎犬》,柯南道尔的长篇小说之一,福尔摩斯探案故事的代表作,其中的巴斯克维尔家族中三百年来一直流传着"魔鬼般的大猎狗"的神秘传说。

电话给你，是因为我们现在可以谈价钱了。"

"你开价吧。"

"你愿意付多少？"

"不行，先生，这不是我做生意的方式。"现在他听起来很自信，就好像在对一件他很有把握的东西讨价还价，"开个好价钱，我告诉你行不行。"

"五万。"

"不行。"

"不行？"

"报上说，那枚镍币被拿走的时候有个女人被杀。"

"但是没有人知道那枚镍币和她的死有什么关系，除了你、我，当然还有她的丈夫。"

"够了！我可以付你一万美元。我从不讲价，先生。"

"我也是。我至少要两万。"

"不行。"

我们最后讲定的价钱是一万二千美元。他有可能出更高的价钱，可是我心虚，知道自己手上没有镍币，这影响了我谈价钱的技巧，否则我是不会让自己败下阵来的。我们讲好了价钱，他同意以用过的小额面值钞票支付，最大面额不超过一百。我不知道他要到哪里去弄钱，现在银行已经关门，他的保险柜里也没有现金。也许他还有朋友可以借钱，或者是他的房子里还藏有现金。我没有像在埃博尔那里一样，地毯式搜索整幢房子，我也不想那么做。凶猛的阿斯提德还在楼下，随时可能会醒。

"我们可以明天交货。"我说，"我有一个朋友几天前去世了，明天得去布鲁克林参加他的追悼式，那里没有人认识我，我想也没有人会认识你，但我不能确定，因为我也不认识你。你在圆石丘有很多影迷吗？"

"恐怕没有。"

"那就好办了。追悼式会明天下午两点半在救世主教堂举行，就在亨利街，介于议会和阿米提街之间。我知道的也只有这么多。我会把钱币放在一个信封里，你同样可以把钱放在信封里，到时候我们就这样交换。我猜那里一定有洗手间，教堂里通常会有，我们可以一起到里面确定钱币的真假，看钱的数目是否正确。"

"我不明白，我们为什么非得到布鲁克林碰头？"

"因为我明天反正得去那里，我想在出发去参加追悼式之前再去拿钱币。我希望在公共的场合下交换，但也不希望公开到会有警察在场。如果你不同意，那这桩生意就作罢，我把钱币投进口香糖自动贩卖机。一个价值百万的钱币现在只值一万二，坦白说，这数目对我来说少得可怜，所以要么照我说的做，要么就拉倒。也许拉倒更好，你考虑一下吧。"

我们又你来我往地纠缠了一会儿，最后我说："等等！我们怎么认出对方？我们从来没有见过面。"

"我看过你的照片，我认得出你。"

不只是这样。我们还面对面见过，只是当时中间隔了一层单向镜。我也见过他，只是他不知道。我继续和他玩猜谜游戏，告诉他我和照片上长得不太一样，而且为了确定我也能认出他，我们最好身上都插一朵红色的康乃馨。他同意了。我还建议他最好当天晚上就去买花，因为明天花店可能不开。我一边打电话，一边很小心地注意听阿斯提德的动静，它随时可能醒来展现它的战斗能力。

"那明天见，"他说，"两点半。如果事情能尽快解决，我会很高兴，罗登——哦，我差点说出你的名字。"

"别担心。"

"就像我刚才说的，如果事情尽快解决，我会很高兴。"

高兴的不止他一个人。

我确定枪里还有镖后，拿着枪赶紧下楼，又看了阿斯提德一眼，它侧躺在原来的地方，胸部明显地一起一伏。当我站在它旁边的时候，它叫了一声，前脚动了一下，那支镖就在它身旁，我把镖捡起来放进公文包。

我又上楼打了几个电话。我想打的电话很多，但是克制自己只拨了三个号码，都是长途，每一个讲的时间都很短。打完电话下楼的时候，我发现那只大黑狗差不多醒了，只是还没有力气站起来。它用哀怨的眼光看着我，我实在很难把它看作是威胁。

它看起来毫无敌意，不像会撕裂人喉咙的样子，但是我强迫自己不要忘记它的叫声和它准备攻击的模样。

希望在它的主人回来之前，它已经恢复常态。

我走出房子，锁上门，感觉应该没有人在看我。我穿过花园，仍然在想池子里到底有没有鱼，也顺便在花园里看了一下，想找找有没有红色的康乃馨，其他的颜色也行。唉，我当初为什么不建议插郁金香？我为什么要为康乃馨这种事烦恼？就因为自己先前的话，现在我得在花店关门之前弄到一朵红色康乃馨。平常这也不是什么大事，但是现在我要做的事还很多，而且必须在二十四小时内把所有事办完。

现在已经没有多余的时间在花园里流连了，我赶紧通过甬道，左右看看，然后继续向前走，打开大门走出去。

还有很多事情要办。

19

"我不知道。伯尼,听起来好像是你把事情弄得复杂了。"

"这不正是你想要的吗?你知道科尔卡农的窃案和埃博尔·克罗的谋杀案都与我无关,但是你却一直在我身边搅和。"

"伯尼,这两件案子绝对和你有关,我只是不知道究竟该不该照你说的做而已。"

雷·基希曼已经下班了,他下身穿着斜纹呢料子的咖啡色裤子,上身是印花运动衬衣。那条裤子裤腿太宽,腰的部分又太紧。衬衣是韩国进口的,浅绿色,领口和口袋处有深绿色的绳边。我真希望他下次买衣服的时候能带他太太一起去。

"你还犹豫什么?雷,我给你机会当英雄,让你逮捕一些人,帮你破几件旧案子,还让你的钱包里多出些钱,你还想要什么?屠龙?娶国王的女儿?"我说。

"伯尼,我不在乎什么龙不龙的。"

"你也不会喜欢公主,只要有一颗豆子掉到床底下,她可能就会唠叨一个晚上。"

"好了,我还记得那个故事。再说清楚,关于那些你说会到我口袋里的钱。"

"有一个人愿意付酬劳找回他的东西。"

"什么人?"

"明天你就会见到。"

"什么东西?"

"明天你也会知道。"

"我怎么找回那东西?这个我也是明天会知道。听起来就像老掉牙的广播剧'欲知后事请听续集'。酬劳到底有多少?"

"一万美元。"

他点头,啧着嘴。"这一定不会是公开的。"他说,"那家伙可以赖账。"

"如果不是公开的,你也不需要报账,不需要缴税,更不用和上头分。"

他表情狡诈,眼睛里闪着贪婪的光。斯宾诺莎对贪婪可能没什么好话可说,但是没有这东西,轮子怎么会转呢?

"管他呢,"他说,"就这么办。"

"你有没有带我要的单子?"

他点点头,从浅绿色的衬衫口袋掏出一张折好的纸。"这是过去两年来类似科尔卡农案的窃案,作案方式雷同,那些贼一进去就像飓风过境一样,而且就像你说的,都发生在曼哈顿第四十二街以南,第五大道以西,第十四街以北的地带。电脑真是万能,你只要告诉它要什么,它就给你什么。"

"你一定不相信,知道你们警察有电脑这东西是多令人安慰。"

"我可以想象。你不是第一个想到这些窃案可能都是兔子马尔盖特干的人,他们已经盘问过他,虽然不是过去两年中的案件,也不止你指出的区域,但是他们已经盘问过了。"

"结果呢?"

"他还在演亨弗莱·鲍嘉①。"

"昨天你说是詹姆斯·卡格尼。"

"都差不多。"

"你明天会带他来?"

"这是违法的。如果让他逃了,又让他弄到枪,我就解释不清了,不过应该可以冒一次险。"

"你们还不知道他的同伙是谁?"

"还不知道。他迟早会招的。"

---

①亨弗莱·鲍嘉(Humphrey Bogart, 1899—1957),美国男演员。

"那我们就明天见了。"我说,然后又把时间和地点说了一遍。

"我还需要带什么东西吗,除了兔子之外?"

"你的枪。"

"我随时都带在身上。"

"洗澡的时候也带?让我想想看——手铐。雷,多带几副手铐。"

"就像要去逮捕整个杰西·詹姆斯帮①,好吧!你向来遵守诺言,这次我就照你说的做,现在还有什么我可以替你效劳的?让你搭便车或是替你的滑板上油?"

我想了一下,然后拒绝了诱惑。"没事了。"我说,"剩下的我自己可以解决。"

我在美容院里找到玛丽琳·马尔盖特的时候,她正在替一个表情僵硬的女人梳一头看起来不太自然的棕色头发。"他承认和他太太上床,"那女人正在说话,"但是他说那一点乐趣也没有,他那么做只是为了尽夫妻义务。根据我的经验,他们总是嘴巴上这样告诉你,你要怎么相信?"

"我知道你刚从哪里来。"玛丽琳对着我说。

---

①十九世纪末横行美国西部的歹徒,专门抢劫银行和拦劫火车。

抓住一分钟的空当，我把她拉到旁边，塞了一张字条给她，上面是埃博尔追悼会的时间和地点。"你一定要来，这很重要。"我对她说，"而且要带哈伦·瑞斯一起来。"

"哈伦？你认为他又回去然后杀了旺达？他不像是会那么做的人。"

"你带他来就是了。"

"我不知道。他连他的房间都不敢离开，他还在考虑是不是该在警察找到他之前逃到西岸或是别的地方去。我相信他不会为了一个老家伙的葬礼到布鲁克林去。"

"想办法说服他。你弟弟也会去。"

"兔子也会去？你的意思是说他们会释放他？"

"他们会让他去参加追悼会，我已经安排好了。"

"你——"她睁大了眼睛，脸上的表情充满了敬意。"安排好了，这个连他的律师都办不到，甚至连假释都不行。我一定要告诉他的律师。"

"不要告诉他的律师任何事。"

"哦，好吧。"

"明天带哈伦一起来就是了。"

"如果兔子会到，我一定把哈伦带到。"

我打电话到窄廊画室，是丹妮丝接的电话。"我希望你明天有空，"我说，"我要你到布鲁克林参加一个葬礼。"

"没问题,我会穿着套装,面带微笑。要和你的帮手说话吗?"

"谢谢。"

她叫卡洛琳来听电话,我告诉卡洛琳事情进行得很顺利,虽然有些匆忙。"我还得去埃博尔那里。"我说,"我决定不请雷帮忙,我不想让他知道我要干什么。你有没有什么好主意?"

"现在去看医生恐怕太晚了。"

"是啊,今天是星期六,又是晚饭的时间,很困难。"

"如果有什么我可以做的——"

"现在我一点主意也没有。如果我能进得去,今天晚上就有事可忙了,事情办完之后我可能会到你那里去一趟。"

"伯尼,我今天晚上已经有约了。"

"哦,好吧,那我们明天在埃博尔的追悼会上见。你最好再记一下地址,还是我先前已经给过你了?"我又把地址说了一遍,要她记下来,然后让她叫丹妮丝再来听电话。

"我已经把明天追悼会的地址给卡洛琳了,我假设你会和她说话。"

"你假设的事太多了。"

"是,是。我只是要告诉你,我还有很多事要办,但是事情迟早会办完,办完之后我可以到你那里去。"

"哦?"

"因为我想见你。"

"伯尼,今天晚上恐怕不行。"

"哦,好吧,我想我明天会在布鲁克林见到你。"

"嗯,我可以带戈尔和杜鲁门去吗?"

"他们已经在我的邀请名单上了。"

我打电话到默里·法因辛格的诊所,听到的是电话答录机的声音,要我留下姓名和电话号码,而如果我想和医生说话,得星期一早上九点再打。我挂上电话,没有留言,然后翻电话簿,找曼哈顿地区所有姓法因辛格的人的电话,直到在同一个地址下发现一个多萝西·法因辛格。我拨了号码,是默里自己接的电话。

我说:"法因辛格医生吗?我叫伯纳德·罗登巴尔,昨天下午才去你那里看过脚。"

"这也是大部分人来见我的原因。罗登巴尔先生,诊所今天休息,而且——"

"我不知道你是否还记得我,我有摩顿脚,你要我定做一双矫正鞋垫。"

"当然还没有做好,至少需要几个星期的时间。"

"这个我知道,我已经付了一些订金,不多,而且——"

"罗登巴尔先生,我想我已经把订单送出去了,你有什么问题吗?"

"没问题。"我说,"今天下午我发了一笔意外之财,手上刚好有现金,我想在花掉之前把余款付清。我刚好就在附近,所以就想可以现在付清那两百七十块钱,我已经付了三十块钱了——"

"罗登巴尔先生,你想得真周到,你可以星期一再过来付。"

"啊,星期一我会很忙,而且到了星期一我大概已经把钱花光了。我过来付钱,真的只要一分钟的时间。"

"抱歉,我没有办法在门诊之外的时间收钱。"他说,"我现在在家,我的诊所在对面,而且已经关门了。我必须去开门才能开收据给你,而且还得入账,这对我来说太麻烦了。"

"收据对我不重要,我只要上去付钱就行。"

停顿了一下,现在他一定在想自己是在和一个疯子说话。谁会让一个疯子上楼?一定有方法可以见到他,但是显然我把事情搞砸了。现在不管我说什么,只会把事情弄得更糟。

"好吧,我星期一再来。"我说,"希望到星期一钱还在。也许我会把钱塞在鞋底。"

我在布鲁克林的查号台查到在奇弗大楼有一个叫杰

西卡·加兰德的人。接线员也不知道那是不是在圆石丘,但是她说电话听起来好像是,于是我就拨了那个号码。我听到一个高而尖的声音,我说我要找杰西卡,她来接电话了。

"我是伯纳德·罗登巴尔。"我告诉她,"我明天会到,我只是想再确认一下时间和地点。两点三十分在救世主教堂,对吧?"

"没错。"

"很好,如果可以的话,我想请你打几个电话给你外公的邻居,邀请他们来参加追悼式。"

"我已经在大厅贴了通知,你可以邀请你认为该邀请的人。"

"事实上我已经邀请了几个人,如果你能再亲自打个电话,我会很感激。你可以把电话号码记下来吗?"

她说好,我给了她名字和电话号码,再教她该怎么说。这时候我突然想到,她可能有办法进埃博尔的公寓。我不确定是不是真的希望和她一起进埃博尔的公寓,但是总比进不去的好,于是我问她自从案子发生之后她有没有进去过埃博尔的公寓,她说没有。"我没有钥匙,"她说,"而且门口的警卫说,警察严禁任何人进去。我不知道他们会不会让我进去。怎么了?"

"没事,"我说,"只是问问。你会打那些电话吗?"

"我马上打。"

* * *

八点多的时候，我出现在埃博尔·克罗住的大楼门口。看门的警卫我没见过，所以我假设他也没见过我。他看起来就像阿斯提德一样凶猛，我希望不必在他肩头给他一枪镇静剂。

那把枪还在身上，只是我没拿在手上，而是放在公文包里，除此之外里面还有我的作案工具：一副掌心掏空的橡胶手套，那双太宽的彪马鞋。我脚上现在是一双矮筒的黑皮鞋，鞋底也是皮的，穿起来不怎么舒服，但是总比彪马鞋或休闲鞋更配我的深色西装和条纹领带。

"我是罗登巴尔牧师。我要找11J的波莫伦斯太太，她在等我。"

20

"他有欧洲人的风度,"波莫伦斯太太说,"总是面带微笑,会和你聊一两句。他怕热,有时候看他走路的样子就知道他脚痛,但是你绝不会听到他抱怨,不像我认识的一些人。"

我在随身笔记本上写下"非常绅士""从不抱怨"。抬头看的时候,我正好看到波莫伦斯太太在偷偷地瞄我。她想不起来在哪里见过我,这似乎快让她发狂了。我显然是诚恳的布鲁克林牧师,杰西卡·加兰德先前已经打电话告诉她,我会来为埃博尔·克罗的颂词收集一些他的生平资料。她没有想到我就是"斯蒂廷纳的儿子",昨天才和她一同搭电梯下楼。但是如果我是圆石丘的罗登巴尔牧师,又为什么会看起来这么眼熟?

我们坐在厚重的椅子上,她小小的公寓里塞满了家具,而且到处摆着孙子的照片和一些小雕像。大概有二十分钟她都在赞扬死者和数落生者,大楼里其他的邻居——

被她毁谤了一番。

她孤单地活着，真的是孤孤单单的一个人，她的丈夫摩尔现在正在天堂的成衣厂辛勤地当裁缝。

我谢绝了第二杯咖啡，起身要走的时候，已经八点半了。"谢谢你的帮忙，"我真心向她道谢，"希望在追悼式上能见到你。"

她陪我走到门口，向我保证她一定会到。"我很想听听你是不是会用到我告诉你的话。"她说，"上面的锁也要开。对，就是这样。你知道吗，你让我想起一个人。"

"斯蒂廷纳的儿子？"

"你认识他？"

我摇头。"有人说我们长得很像。"

我走出来之后，她把门关好又上了锁。我沿着走廊来到埃博尔的门口，挑开自动锁，走进他的公寓。里面的东西就像我走的时候一样，当然现在暗了一些，因为没有白天的光线从窗外照进来。

我打开电灯，平常如果没有拉上窗帘，我一定不会这么做，但是靠路的这一面，离得最近的房子也在河的对岸，谁会看得到我？

我四处翻看了一下，而不是像前一天那样全面大搜查。我查看了一下卧室的衣橱，又看了一次雪茄盒，然后又翻了书架，不是想找什么，只是想找书看。

现在我只想看那本罗伯特·帕克的小说，我想知道斯宾塞这老家伙又干了什么事，他跑步显然不需矫正鞋垫，举重也不会得疝气。但是要在这里找一本轻松的小说似乎比发现一枚V镍币还难，其他看起来好像很有趣的书对我来说也不怎么有趣，因为我看不懂德语、法语或是拉丁语。

最后我决定看看叔本华的《悲观主义研究》，悲观这东西在我心里一点也没有。那是一本便宜的版本，现代文库的，埃博尔或先前的主人在上面画了很多线，而且看到感动处还在书的空白处画了一些零星的惊叹号。

"如果一个人开始去恨他所遇到的所有可恶之人，那他就没有力气去做其他的事。但是如果他蔑视这些人，他可以毫不费力。"

我喜欢这些句子，叔本华的东西只要一点点就可以让你想半天。我很想放点音乐来听，但光是开灯就已经够危险了。

现在如果来一杯陈年的法国白兰地一定不错，可我还是选择了牛奶。十点左右，我把客厅的灯关掉，然后走到卧室脱掉外衣。

他的床很整齐。我在想，在他生命的最后一天早上，起床后一定是自己把床整理好的。

我把床边的闹钟定在两点半，然后爬进被子里，关掉床头灯睡着了。

闹钟把我从睡梦中吵醒,我不太记得梦见什么了,好像是我到哪里闯空门,闹钟的铃声到了梦里竟然变成了警铃声。在梦里我拼命想把警铃按掉,最后终于从梦里挣脱,把真正的闹钟关掉,这时闹钟已经响了好半天了。

太好了。我在黑暗中坐了几分钟,仔细聆听外面的动静,希望没人注意到这个吵闹声,我想甚至没有人听到。这些老大楼里的隔音设备很好,我确定没有听到任何声音,又坐了一会儿后开灯穿上衣服。

这次我没穿黑色的皮鞋。我穿上彪马鞋,又戴上手套。

我走出埃博尔的公寓,顺手把门闩的按钮按上,这样弹簧锁在我关上门之后就不会锁上。我沿着走道经过电梯走向楼梯间,然后下了七层楼到 4B。

门缝底下没有光,里面也没有声音,门上只有一把锁,你可以轻易地把它卸下来,拿到马戏团当棉花糖卖。我进了门。

十分钟之后我就出来了,再度把门锁上,又爬了七层楼回到埃博尔的公寓,轻松地开门、关门、锁门。我脱下彪马鞋和身上的衣服,这次把床边的闹钟定在七点,然后又回到床上。刚开始我睡不着,于是起床在衣橱里找到了一件浴袍穿。我突然发觉我平常吃得不够多,于是走到厨房把剩下的黑森林蛋糕吃完，顺便喝掉那一瓶牛奶，然后才回到床上睡觉。

闹钟响之前我就已经醒来了，很快地冲了澡，找到一把安全刮胡刀刮胡子。在这屋子里我有一种奇怪的感觉，好像自己滑进了一个老朋友刚刚放弃的生活，但是我没让自己想太多。我冲了一杯速溶咖啡，喝完咖啡后。穿上衣服，然后又穿上那双皮鞋，把彪马鞋塞进公文包，连带我昨天找到的一本书。

电梯里的服务员和门口的警卫看都没看我一眼，他们先前虽然没见过我，但是现在是早上一般人的活动时间，这幢陈旧的大楼里总会有房客——不管是男的还是女的——偶尔让陌生人过夜，然后在大清早把人赶走。

玛丽琳·马尔盖特工作的美容院在第九大道与二十四街以北，隔壁有一家叫"切尔西人"的餐馆。美容院的门当然是关着的，就像我的书店，外面是一扇铁门，门上吊了一把挂锁。我站在门口，就在众目睽睽之下用弹簧片把锁挑开了。

没有人注意我。天气不错，看来会是美好的一天。我穿着正式，而且看起来显然值得尊敬，看到我的人一定会以为我用的是普通的钥匙。

开门也没费什么工夫，虽然多花了一点时间，但也不是特别困难。

我打开门,警报器开始响。

这种事不管在现实中还是梦境里都会发生。昨天下午我来找玛丽琳·马尔盖特的时候就注意到了。我已经四处看过,知道开关就在第一把椅子附近的墙上。我进了店里之后就直接走到开关前,把刺耳的警报器关掉。

没什么影响,这附近的邻居一定已经习惯了:店主只要打开店门警报器就会响,除非是三更半夜或是响太久没人管,他们才会打电话报警,除此之外他们只会当它是正常现象而不会多管闲事。

再说,哪个白痴会去偷美容院?

偷这一家只花了半个多小时。我离开的时候,里面的东西还是保持原状,唯一的例外是警报器,我没有再打开,免得我出门的时候它又响。抽屉里的钱我没拿,里面只有几卷硬币和一些小额钞票。

那把玛丽琳用来指着我的枪我也没拿,她果然把枪放回老板的抽屉了,我让它就留在原处。

我把手摸过的地方擦干净,橡胶手套跟我的服装太不协调。出来之后我锁上门,拉下铁门,把锁再挂回去。

卡洛琳的电话没有人接,我想打电话给丹妮丝,想想又算了。我沿着第二十三街走,经过切尔西旅馆,旅馆外面的牌子上不是小儿科、足科医生的名字，而是一些曾经在这里下榻过的作家的名字——托马斯·沃尔夫、狄兰·托马斯。我在第七大道向右转，走进市区，偶尔会经过教堂，它们崭新的装饰就好像在庆祝这个季节。美丽的清晨，我对自己说，可能找不到比今天更好的一天为埃博尔·克罗举行葬礼了。

当然我提醒自己，今天举行的还不是真正的葬礼，真正的葬礼可能还得等一阵。但是只要今天的追悼式能照我希望的进行，或许能让我的老朋友早点得到安宁，即使是灵魂上的而非肉体上的。我在他的屋子里待了一个晚上，他就是在那间屋子里被杀的，老实说我并没有感觉到他不得安息的灵魂。我不是个敏感的人，有些人对这种事很敏感，如果在客厅可能会感觉到埃博尔的阴影就在身边，就在地毯上哭喊着要复仇。虽然我感觉不到那些东西，但也不敢说它们真的不存在。

我走到第十四街的一家咖啡馆吃了一顿丰盛的早餐——培根、煎蛋、橙汁、新鲜的烤面包，还有一大壶咖啡。我买了一份星期天的《纽约时报》，把那些没有人会看的部分丢掉，拿着剩下的部分走到华盛顿广场。我坐在一条长椅上，对那些热心地向我兜售东西的年轻人置之不理，他们要卖给我的无非是那些会改变人心情的时髦化学药品。我看报纸，偶尔看看过往的人群、广场上的鸽子、滑稽的灰松鼠、爬单杠的小孩、推着婴儿车的年轻妈妈、玩飞盘的青少年、要钱的乞丐、走路摇摇晃晃的醉汉、下棋的人、在一旁边观棋并摇头咋舌的人，以及那些无视禁止标志、随处遛狗让狗随地大小便的人。毒贩叫卖着货品，就和卖热狗、冰激凌、意大利冰品、氢气球和素食点心的小贩一样。我一眼看到了我中意的小贩——一个黑人，他在卖一种很大个、黄色、全身毛茸茸、嘴巴是橘色的鸭子，那是我见过的最蠢的东西，但就是有人在买，我实在想不出来为什么。

我从公园走去搭乘地铁，一点半左右到了圆石丘，二十分钟之后到了救世主教堂。我见到了杰西卡·加兰德和她的同居男友，他叫克莱·梅里曼，是个手长脚长的家伙，全身上下只有骨头，笑的时候只看到他的两排牙齿。我告诉他们我的计划，他似乎有点跟不上，但杰西卡马上就明白了，她毕竟是埃博尔的外孙女，不是吗？

我看了一下追悼式的场地后，告诉她要怎么安排座位——我假设他们不会一进来就抢位子。然后我要她和克莱去迎接客人，而我自己就到大厅后面一间像是牧师书房的房间等着。

两点半，管风琴的音乐响起，这时客人应该都到了，但是会迟到的人还是会迟到，所以追悼式晚了十分钟才开始。我在牧师的书房里消磨这十分钟，来回踱步，也许就像牧师在布道前的预演。

时间终于到了,我从公文包里拿出两本书,然后又扣上包,把它留在房间的一个角落。我沿着走廊走到众人聚集的大厅,穿过主厅旁边的通道,登上一个两尺高的台子,在讲桌前站定。

我看着所有的人,深深吸了一口气。

21

"大家好,"我说,"我叫伯纳德·罗登巴尔。我和各位一样,今天来到这里是因为埃博尔·克罗,我们的朋友或邻居上个星期在自己家里被杀。我们大家聚集在这里,就是为了向他说最后的几句话。"

我的目光巡视了一遍听众,当中有很多我不认识的面孔,我猜年纪大一点的应该是埃博尔的邻居,年龄小一点的是杰西卡在圆石丘的朋友。我认出了一些人:波莫伦斯太太坐在第二排,为我看脚的好心医生就坐在她后面一排,雷·基希曼坐在左边,他旁边是个皮包骨的年轻人,前额很大,没什么下巴,想来他就是乔治·爱德华·马尔盖特。他的耳朵没有比其他人的长,他也没有真的抽动鼻子,不过也不难看出为什么他们叫他兔子。

他的姐姐玛丽琳就坐在右边第一排,她穿得相当朴素,黑色的裙子,灰色的上衣。虽然在教堂里,她看起来还是像个妓女。那个坐在她旁边,看起来有些笨拙的圆脸男人一定就是哈伦·瑞斯。

丹妮丝和卡洛琳一起坐在最后一排,卡洛琳穿着西装外套,丹妮丝上身穿着毛衣,我看不到她是穿裤子还是穿裙子,她没穿套装也没有面带微笑。

杰西卡·加兰德以服丧者的身份坐在前排中间,克莱·梅里曼坐在她的左边。真可惜,我们得在这种悲伤的场合见面,我心里想,埃博尔当初早该找一天晚上把我们都邀到他那里的——克莱、杰西卡、卡洛琳和我四个人,我们可以一边享用他的甜点一边听他说战争时期在欧洲的故事。很奇怪,他竟然从未提到他的外孙女。

三个穿着深色西装的男人坐在右边第三排——靠中间走道的那一位,个子很高,头顶有点秃,鼻子很长,嘴唇很薄;坐在他旁边的那一位,看起来是三个当中最老的,六十出头,肩膀很宽,头发和胡子都白了;第三位坐在靠旁边的走道上,个子较小,比较瘦弱,酒糟鼻上戴了一副厚重的眼镜。

我从来没有见过他们,但是相当确定他们是谁。我把目光停在坐在中间的那位白发先生身上,直到他也看着我。他脸上的表情没有改变,但是他明显地点了一下头。

在第二排的另一头,坐着一个我认识的人,椭圆形的脸,剪得短短的小胡子,斑白的头发,小眼睛小鼻子,我见过他一次。杰西卡当然知道要安排他坐在哪里,因为赫伯特·富兰克林·科尔卡农诚心地在衣领上别了一朵康乃馨。

看到花，我心虚了一下。因为有太多事要做，最后我还是忘记在花店关门之前去买花。我原本想，进入关了门的花店只是小事一桩，但是想想这个时候为了这种小事冒险，太不值得了。总之，我已经向大家自我介绍了，所以科尔卡农知道我是谁。

"我们知道，我们的好朋友生前专门买卖偷来的东西，"我开始说，"但是他有另外的专长，他爱好哲学。埃博尔·克罗特别喜欢斯宾诺莎的作品，今天我就在这里简短地念一两段纪念他。"

我拿出那本我当初送他的精装书，星期五我从他的公寓带走，昨天晚上放进了我的公文包。我念了从《情绪的起源和特质》那一章节摘选出的两小段，内容相当枯燥，听众看起来不是很专心地在听。

我把书合起来放在讲台上，拿出我带来的第二本书，那是我昨天晚上从埃博尔的书架上挑出来的。

"这本书是埃博尔的，"我说，"托马斯·霍布斯的选集。在《关于政府与社会的哲学基础》这一章中有一段他画了线：共同恐惧的起因，部分在于人类天生的共同特质，部分在于人类对伤害有共同的意愿。我们既无法向他人，也无法对自己保证最起码的安全，只要看看我们的躯壳，想想它有多脆弱，一旦身体毁灭了，它曾有的力量、精神和智慧也会随之毁灭；想想看，即使一个最软弱的人也可能轻易地杀死一个最强壮的人。因此人没有理由相信自己的力量，认为自己天生就胜过别人。你可以对付别人，别人也可以用同样的方式对付你。"

我跳到另一个有记号的段落。"接下来是《利维坦》中的一小段：在人的特质中，我们找到三个为什么会争吵的原因。第一，竞争，人因为利益而变得有攻击性；第二，缺乏自信，人因为自身的安全而变得有攻击性；第三，追求名声，人为了声誉而变得有攻击性。"

我把霍布斯的书和斯宾诺莎的书放在一起。"埃博尔·克罗就是因为利益被杀的，"我大声说，"杀他的人就在这里，在这个大厅里。"

我的话产生了作用，所有人似乎同时倒抽了一口凉气。我看着丹妮丝和卡洛琳，她们已经知道接下来会发生什么，但是我的话也对她们产生了作用，她们彼此坐近了一些，就好像这戏剧性的一刻让她们忘记了对彼此的厌恶。

"埃博尔是因为一枚镍币被杀的，"我继续说，"每天都有人为了微不足道的小钱杀人，但是这枚特别的镍币可不是微不足道的小钱，它值二三十万美元。"大家又吸了一口气。"星期二晚上埃博尔拿到了那枚镍币，十二小时之后他就被杀了。"

我简短地告诉在场的人有关那五枚一九一三年的V镍

币的故事。"其中有一枚镍币原本在某人的保险柜里,这个人住在切尔西一幢由马房改建的房子里。他和他太太原本打算在外面过夜,第二天才回家。星期二他们离开之后,有两个小偷从天窗闯入,洗劫了这幢马房。"

"我们没有拿什么镍币。"大家回头盯着说话的兔子马尔盖特。"我们根本没拿什么镍币,"他又说了一遍,"我们没有打开保险柜。我们确实看到了保险柜,但是怎么敲撞也打不开,我不知道什么该死的镍币。"

"好了,兔子。"我说。

"而且我们也没有杀人,我们没有伤害任何人。我们进去的时候根本没人在家,我不知道什么该死的凶手,还有镍币。"

兔子跌坐在椅子里,雷·基希曼在他耳边说了什么,他颓丧地垂下双肩。我不知道雷对他说了什么,有可能是说他已经在上帝和众人面前承认自己犯的罪了。

"没错,这是实话,"我说,"第一批小偷,兔子马尔盖特和哈伦·瑞斯,"哈伦听到自己的名字有没有吓一跳?"只偷了东西,砸了房子。他们离开之后,第二个小偷进来了,这个小偷比马尔盖特和瑞斯要专业,技巧也好得多。他直接找到了保险柜,打开并取走了一对耳环、一块名表和一枚一九一三年的V镍币。他直接把东西带到埃博尔那里托他转卖。"

我没有提到我们卖了耳环、手表,拿了现金。没有必要告诉众人这么多细节。

"当第二个小偷把保险柜里的东西交给埃博尔·克罗的时候，镍币的主人和他的太太回家了。他们改变了计划，小偷们当然不知道。他们回到家，发现家里就好像蛮族入侵罗马之后的惨状。他们不小心又碰上了另一场偷窃，这次精彩多了，那位先生和他太太被打昏并被绑了起来。当他恢复知觉想办法给自己松绑之后，发现他太太死了。"

我看着科尔卡农，他也看着我。他面无表情，我可以感觉到他恨不得现在就离开，随便到哪里都行。我想他已经猜到今天下午他没有机会买回他的镍币了，他的样子就像在电影院里看到一部烂片一样，想走，可又想知道接下来会发生什么。

"镍币的主人当然打电话报警了。警方给他机会指认第二个小偷，但是他说没见过这个人。后来他指认出第一批小偷中的一个。"

"这明明是陷害，"兔子马尔盖特大叫，"他从来没见过我，他骗人！"

"我们就当这是弄错了。"我说，"那位先生当时压力很大，他失去了老婆，家中又被洗劫，还有一枚价值不菲的钱币不见了。

"这里出现了一件有趣的事，"我边说边看着科尔卡农，"他没有向警方提到这枚镍币，他只字不提。通常如果遭窃，你一定会向警方申报所有的失窃物，以便跟保险公司要钱。但这事在这里不重要，因为这枚镍币没有上保险，而这其中有个很好的理由：这位先生没有合法的拥有权。"

"够了！"是科尔卡农的声音。他吓了我一大跳。他没有对着众人继续说什么，而是站起来瞪着我。"我不知道我为什么被骗到这里来，我从来不认识克罗先生。我是被人骗到这里来的。我确实没有向警方申报遗失了一枚一九一三年的Ｖ镍币，也没有买保险，因为有一个比你先前所说的更好的理由：我从来就没有那样一枚钱币！"

"我差点也这样以为，"我承认道，"但是我知道你有一枚。我原本以为它可能是假的，所以我追查了一遍那五枚镍币，想知道你买的是哪一枚，但是发现五枚都还在原本的地方：四枚收藏在博物馆里，一枚是私人收藏。而且最后这一枚流通过，所以很容易和其他四枚区分开。那绝不是我从你保险柜里拿走的那一枚。"

又是众人的喘息声。我已经露了马脚，现在所有的人都知道第二个进去偷的人是谁了。算了，这种事总是会发生。

"但是我仔细看过那枚镍币，"我继续说，"我不相信那是假的。所以我请博物馆的人再检查一次他们的钱币，其中有三个博物馆告诉我，他们的钱币没问题。谢谢你们！

"第四个博物馆发现他们橱窗里的是假的。"

我看着那三位穿深色西装的先生。坐在靠边的走道上，有酒糟鼻，戴厚重眼镜的那一位就是米罗·拉克斯先生，他知道我给他的暗号。"那是一枚不错的伪造品，"他说，"本来是一九〇三年的镍币，上面的'0'被磨掉了，焊上去一个'1'。手工很好，来参观的人看了绝对想不到那是假的，但是你也绝对没办法把它当真品卖。"

那位白发的老先生清了一下喉咙。"我是戈登·鲁斯兰德，"他自我介绍，"当拉克斯先生向我报告这件事的时候，我立刻就亲自去看了一下。他说得对，那枚镍币是不错的伪造品，但是仔细看，仍然看得出来。那不是我用画从巴尔的摩换来的那一枚，那一枚是真的。当初我虽然知道他们不可能拿一枚假的给我，但还是请人用 X 光检查了一下，是真的。橱窗里的那一枚不需要用 X 光，用肉眼就可以看出来是赝品。"

"知道之后你怎么办的？"

"我到馆长家找他谈。"他说。坐在他另一边的那位个子瘦小、鼻子很长的先生似乎在位子上又缩小了一些。"我得知霍华德·皮特曼有了困难，"鲁斯兰德先生继续说，"他打了一场离婚官司，而且在投资上损失了不少钱。我只是不知道情况有这么糟，不然早就伸出援手了。"他皱了一下眉头，"几个月之前他想办法要自己解决，于是偷换了那枚一九一三年的 V 镍币，然后把我们最重要的珍品以极低的价钱变卖了。"

"我卖了两万美元，"霍华德·皮特曼颤抖地说，"我一定是疯了。"

"我不知道这个人是谁，"科尔卡农说，"今天是我第一次看到他。"

"如果这位先生买了那枚镍币，"皮特曼说，"那一定不是从我这里买的。我把镍币卖给了一个在费城、名声不怎么好的钱币商，他可能卖给了这位科尔卡农先生，或者先经过其他人的手，我不清楚。我可以把那个商人的名字给你，虽然我宁可不说，因为他一定不会承认有这件事，而且我也没办法证明他从我这里买了那枚镍币。"他声音嘶哑，带着破音。"我很想帮忙，"他说，"但是我不知道我现在还能做什么。"

"我必须再声明一次，"科尔卡农说，"我不认识什么在费城、名声不怎么好的钱币商，就连名声好的我也不认识几个。我当然知道有声望的鲁斯兰德先生，因为他是美国国际钱币美术馆的创办人，又是自由钟铸币厂的老板，但是我从来没见过他本人，更没见过他的属下。"

"那你昨天为什么打电话给山姆·威尔克斯？"

"我从来没听过这个名字。"

"山姆·威尔克斯在瑞登豪斯广场附近有一间办公室，"我说，"他专门买卖钱币和徽章，是个可疑人物。此外，你昨天打电话到他家，还留了姓名，又打电话到他的办公室；你也打了一个电话到美国国际钱币美术馆。你从家里打的这些电话,而长途电话都有记录。"

确实会有记录,科尔卡农看着我,脑子里大概在想他又没打这些电话,怎么会有记录。他随时可能想到他被拐骗到了麦迪逊大道和第七十九街的转角,甚至可能猜到他不在家的时候有客人到过家里了,但是现在他似乎宁可否认一切。

"我没有听说过威尔克斯这个人,"他说,"我既没有打电话给他,也没有打电话到美术馆。"

"伯尼,这到底有什么关系?"是雷·基希曼的声音。我不知道他到底听进去了多少。"如果克罗真的因为那枚镍币被杀,好吧,我可以理解。但是谁在乎那枚镍币是怎么进保险柜的?克罗是在那枚镍币离开保险柜之后才被杀的。"

"啊,"我说,"很明显的是,没有人知道那枚镍币原本在保险柜里,除了第三个小偷之外。"

"第三个什么?"

"兔子马尔盖特和哈伦·瑞斯根本不知道有镍币这回事,"我继续说道,"他们只知道科尔卡农夫妇要出远门,而且要在外面过夜。为什么会知道?因为旺达·科尔卡农固定到一家美容院做头发,兔子的姐姐玛丽琳就在那里做事,真的是好工作。过去一年半,她的顾客中有八个在出远门或出去度假时家里遭窃,这八件窃案的作案模式都一样,小偷动作粗暴,能偷的就偷,不值得偷的就砸烂,天生的破坏狂。玛丽琳只要竖起耳朵注意听她的客人什么时候要出远门,再把消息告诉她弟弟就够了。把牛奶和报纸的订购停掉,甚至在家里装个电灯定时开关有什么用?如果帮你做头发的年轻小姐家里有个小偷弟弟的话。"

我说这些话的时候,故意不往玛丽琳的方向看。我的眼光突然和卡洛琳接触。"旺达如果带狗到同一条街的狗美容院为狗洗澡,偶尔会到我的店里来晃一下,"我最好不要把卡洛琳扯进去,"我最后一次看到她的时候,她刚好提到要带狗到别的地方配种,所以就像兔子和哈伦一样,我也有内线消息,我知道科尔卡农要在外面过夜。但是第三个小偷不知道这件事,他遇到了科尔卡农夫妇回家。自从我知道有第三个小偷之后,就常想到《麦克白》里的第三个凶手。有很多研究莎士比亚的学者对这第三个凶手很感兴趣,因为莎士比亚对此提到不多,证据很不全。但是有一派学者认为,事实上麦克白自己就是第三个凶手。"

全场鸦雀无声。

"这是从我潜意识里浮现出来的线索,"我说,"但是我花了一点时间才把一切拼凑出来。第三个小偷不可能有内线消息,否则他不会在那天晚上撞见科尔卡农夫妇回家。还有一个可能,某个人凑巧从天窗进去,在屋子里逗留,然后杀人。这个可能性太小了。我的潜意识不断地想告诉我一些东西,最后我终于把一切拼凑起来。不管莎士比亚笔下的第三个凶手是不是麦克白,但是第三个小偷就是赫伯特·富兰克林·科尔卡农。"

他站起来大喊:"你疯了!根本是胡说八道!你的意思是说,我偷了自己的东西,从自己的保险柜偷了一枚根本不存在的钱币。"

"不是。"

"那是——"

"第三起窃案根本没发生,"我说,"兔子和哈伦偷了所有能找到的东西,我从你的保险柜拿走了三样东西,这就是你所有被偷走的东西。根本没有第三起窃案,也没有第三个小偷,更没有人在你家里逗留、把你打昏并绑起来。是你杀了自己的老婆。"

22

一时之间没有人开口。科尔卡农最后对大家说我疯了。"为什么我们要在这里听他胡说?"他大声说,"这个人刚刚也承认自己是个小偷,而我们坐在这里听他随便控告别人偷窃、杀人,我不知道你们怎么想,我已经听够了,我要离开这里。"

"如果你现在就走,就会错过点心。"

他的鼻孔贲张,准备离开座位。突然有一只手拉住他的胳膊肘,他转身和雷·基希曼四眼相对。

"且慢,"雷对他说,"为什么不先听听伯尼要说什么?说不定很有趣。"

"把你的手拿开,"科尔卡农像狗一样大吼,"你以为你是谁?"

"我想我是警察,"雷友善地说,"而伯尼认为你是杀人凶手。如果他真的认真思考过那些线索,我们就应该听听他怎么说。"

我该怎么说？"有一件事科尔卡农先生说对了，"我说，"我是个小偷，更确切地说，我是一个想要戒掉偷窃这个坏毛病的旧书商，不是警察。调查科尔卡农谋杀他太太这件案子是警察的工作，但是也许我可以告诉他们该从哪里下手。从他的财务状况开始调查该是不错的选择。科尔卡农夫妇生活富裕，他们有不少值钱的东西，但是有钱人也和我们其他人一样，会有财务困难的时候。

"有一件事让我很怀疑，当我打开墙上的保险柜时，发现里面空空如也，只有一块手表、一对耳环、一枚稀有的钱币，加上一大堆文件。家里有这种隐藏式保险柜的人通常会尽量使用保险柜，特别是又养了恶犬，他们通常相信自己的房子牢不可破。昨天我打了几个电话，得知科尔卡农先生已经卖掉了一些他最近几年来买的钱币。"

"这不能证明什么，"科尔卡农说，"人的兴趣是会变的，我可以卖掉一些东西，再买别的。"

"也许，但我不这么认为。你冒险做了几笔投机生意——你的保险柜里有些股票，那些股票最近大跌，你显然赔了不少钱。不仅如此，我相信买那枚镍币你付了不止两万美元，你一定付了比皮特曼先生收到的两万美元还多的钱，而且当初有人要把镍币卖给你的时候，很可能你已经付不起了。但是你非得到那枚镍币不可，因为你的贪婪。根据斯宾诺莎的说法，贪婪也是一种疯狂。

"你买那枚镍币的时候，正是你在筹措现金偿还其他债务的时候,然后你带着狗去配种——又是一笔很大的开销,虽然很可能在阿斯提德生小狗之后就赚回来了。你很快又回到纽约,没有留在宾夕法尼亚过夜。你和你太太很可能在剧院里有过争执,或者是在稍后吃晚饭的时候,这些只要警察花点工夫就可以打听出来。

"那不是很重要。你们夫妻俩回到家,发现家里显然有小偷光顾了。也许你原先就计划卖掉一些值钱的东西,现在那些东西全被偷了;也许你保了低价的险,可能没有想到要提高银器的保费,不过一般也很少有人会这么做。现在小偷在一夜之间把你的财产洗劫一空。

"而你的太太也许在这个节骨眼上,说了些尖酸的话令你无法忍受,或者你刚好想到保险柜里还有一张你们夫妻投保寿险的保险单,你们当中如果有一个死了,另一个就可以领到五十万美元保险金。如果是意外死亡,保险金加倍,保险公司大都接受谋杀是意外事故,虽然谋杀案通常都是有目的而且是蓄意的。这实在有点矛盾,你不这么认为吗?或许你开始动手打她时是因为愤怒,但是之后你想到有机会可以赚一笔,看到零乱的屋子时马上就想到这正是最好的烟幕。真相要等到你认罪时才会大白,而且你很可能会认罪,因为外行人通常最后都会认罪。科尔卡农先生,你就是个外行。在贪婪方面你可能很专业,但论及谋杀你还很外行。"我预计他会在警察局认罪,而不是在众人面前,但是他脸上的表情突然变得阴暗,我决定暂停一下给他点时间，看他要怎么做。

他嘴唇颤抖，然后额头上的肌肉也动起来。"我不是有意要杀她的。"他说。

我看着雷，雷也看着我，他的嘴角泛着笑。

"我揍了她一下，那是意外，真的。她不停地抱怨唠叨，就像个泼妇。她是因为我的钱才嫁给我的，这是众人皆知的秘密，可是我现在手头有点紧——"他叹了口气，"我只是撞了她一下。如果那只狗当时在场，我根本别想碰她，它可能会咬断我的手臂。我只是撞了她一下，她就倒地不起。她的头一定是撞到了地板上的什么东西。"

很好，我们又多知道了一些细节。我看过那些照片，那个女人死的时候被揍得遍体鳞伤。就让科尔卡农暂且避重就轻，等到了警察局，他们就会让他招供。

"然后我试着检查她的脉搏，才发现她已经死了，"他继续说，"那时候我想，我也完蛋了。然后突然又想到，何不把这个也推给小偷，于是我就把她绑起来，又狠狠地敲了自己的头。要打伤自己不是一件容易的事，但我还是办到了。一切都准备好之后，我就打电话报警。我刚开始以为他们一定会盘问我，直到我崩溃为止，但是他们只是看了一下屋子，知道房子被小偷洗劫了，显然就满意了。"

雷把眼睛转向天花板。我猜他的同事可得有一番解释了。

"但是我没有杀埃博尔·克罗。"科尔卡农愤愤不平地说,"这就是你们今天的目的,不是吗?一个赃物买卖商的谋杀案。我从来没见过埃博尔·克罗,我甚至都没听过这个名字,我没有杀他。"

"人确实不是你杀的。"我同意他的话。

"我不知道我的钱币在他那里,我一直以为在你手上。"

"没错,我知道你确实这样认为。"

"我一直以为镍币在你手上,这也是我今天到这里的原因。该死,那你为什么说我杀了埃博尔·克罗?"

"我没有。"

"可是——"

我扫视了一遍所有听众,他们非常专注地在听。我的目光落在凶手身上,他的脸上和其他人一样充满了好奇。

"原本我也以为,如果你认为杀了埃博尔就可以拿回钱币,很可能就是你杀了他。我知道今天下午你打算杀了我,而不是要付我一万两千美元买那枚镍币。但是你不知道埃博尔拿了那枚镍币,你也不可能知道。"

"除非埃博尔告诉他,"卡洛琳开口说,"也许埃博尔想把钱币再卖给他。"

我摇头。"还不到那个阶段,"我说,"他可能会在将这个损失提报给保险公司之后,先试着和保险公司接触,但是埃博尔还不知道那枚钱币没买保险,也没想到要把钱币卖回给失主。

"我的第一个想法也是埃博尔找了可能的买主来看那枚镍币,而且他错估了那个人的为人,以至于惹上杀身之祸。但是埃博尔一开始真的会这么做吗?"

我摇摇头。"不会,"我自问自答,"埃博尔刚拿到一枚价值六位数的镍币,那是他从一个小偷手上接过来的,小偷也是从一个不知名的人家里偷来的。埃博尔在转卖那枚镍币之前,一定会先想办法确定真假。即使肉眼检查之后几乎可以确定那枚镍币是真的,他也不会冒这个险。鲁斯兰德先生是从一个有名的博物馆接手那枚镍币的,但他还是非常小心地用 X 光鉴定了真伪。我相信埃博尔对一枚来路不明的钱币也会同样小心。

"埃博尔那时候就说,他第一步要知道它的真假。他说要是时间合适,他不必离开住的大楼就能确定镍币的真假,我当时以为他是说可以找到一个专家到他那里鉴定,而专家在将近午夜的时间不可能到家里来。

"但是这不是他当时的意思。他的意思是说大楼里有人可以帮他鉴定。我刚开始以为大楼里就住了一个专家,后来又放弃了这个想法。我想埃博尔绝不会让一个专家知道他手上有那么一枚镍币,一九一三年的 V 镍币太稀有、太珍贵,这方面的专家大都是正直的人,不可能会鉴定一枚偷来的钱币,更不可能保持沉默。

"不,埃博尔需要的不是专家的意见,他需要的是 X 光。"

我又扫视了一遍听众,凶手仍然面不改色。我开始有点怀疑自己的推论,但是卡洛琳一个劲地点头,她显然知道我的想法。

"到哪里才能照 X 光?实验室?医院的急诊室?放射科?去这些地方你都得离开大楼。但大楼里确实有一个牙科诊所——吉克医生,根管治疗是他的专长。"

"没错,"波莫伦斯太太证实说,"找他看牙不会痛,但是收费贵得吓人。"

"他们的收费都很高,吉克医生没比其他人多要。"另一个人说。

"埃博尔戴假牙,"我说,"所以我想他不需要吉克医生的服务。也许他们有私人交情,他可以借用仪器。但他既不是吉克医生的病人,和这位邻居似乎也没有私人交情。

"总之,埃博尔和大楼里的某人有工作上的来往,而且那人还拥有 X 光仪器。你们知道埃博尔有脚痛的毛病。我不清楚他有没有摩顿脚,但是他常常脚痛,而且体重过重更加重了脚的负担,只要看看他衣橱里的鞋子你就知道了。每一双都是特别定做的,鞋底不同,而且还有各种奇怪的配件,都是在普通鞋店买不到的。"

我看了凶手一眼,他不再没有表情,眼中似乎闪着惊恐。因为他的山羊胡挡住了,我不确定他的嘴巴是不是在颤抖。

"埃博尔是默里·法因辛格的病人,而且是常客。"我继续说，"他既不跑步也不跳舞，但是从病历可以知道他常常去看脚，他在被杀的那天早上就和医生有约。"

"胡说八道！"法因辛格大喊，"哪有什么约？他是我的病人，也是我的朋友，这也就是为什么我会到这里来。我是来参加追悼式而不是来受审问的。他死的当天和我没有约。"

"有趣，你的门诊名册和病历卡上都有登记。"这些是今天清晨才登记上去的，但是有什么关系？"这不是他第一次借用你的 X 光仪器用于非医学的用途，不是吗？"

法因辛格耸耸肩。"也许。他有时会过来问是否可以借用一下仪器，他既是病人又是朋友，我当然不在乎让他使用。但是那天早上他没有来，如果来了，我也没有注意到。我没有杀他。"

"当然不是那天早上。你一直等到吃午饭的时间，候诊室没人了，你才上楼。当然他想都没想就让你进去了。你告诉他想看看那枚镍币，他便让你看了。你杀了他，然后取走了镍币。"

"我为什么要那样做？我又不需要钱。现在我的诊所生意比以前好得多，再说我又不收集钱币，我有什么理由要杀他？"

"贪婪，"我说，"就这么简单。你不收集钱币，也不一定是收集钱币的人才会知道那枚一九一三年 V 镍币的价值，每个人都知道。你的诊所生意好，正好让你尝到生活富裕的滋味,这是你在替我量脚的时候亲口对我说的。"我想到我的那双矫正鞋垫最后会怎样。订单已经送出去了。但是如果我的医生被控杀人且最后进了铁窗,它们要怎样才能到我脚上?

不管了!"斯宾诺莎给了我们答案,"我说,然后顺手打开书,翻到我做记号的地方,"当我们看到别人喜爱一样东西且从中获得喜悦,就相信自己也必定喜爱那样东西,并且能从中获得喜悦;但是我们假定想象中的喜悦会被别人的喜爱所破坏,就必得竭力去防止他拥有那样东西。"我合上书,"换句话说,埃博尔那么重视那枚镍币,激起了你强烈的占有欲。你杀了他,拿走了镍币。"

"你没有办法证明,"他说,"你不能证明任何事。"

"那是警察的工作,但我想他们不会有什么困难。你不只拿走了镍币,还拿走了其他我从科尔卡农那里偷来的东西:一对祖母绿耳环和一块皮亚杰手表。如果他们在你的诊所找到那些东西,我一点也不会惊讶。比如说,在你上了锁的中间抽屉里。"

他瞪着我。"是你把它们放进去的!"

"我怎么会这么做?你从埃博尔那里拿走的还不止这些,你还拿走了他的钥匙,以便离开的时候可以把门锁上,这样就能延迟尸体被人发现的时间,还可以掩饰你的行踪。我想你应该够聪明,已经把钥匙处理掉了。"

"没错。"他说漏了嘴,然后拼命摇头,"我没有拿什么钥匙,"他狡辩,企图隐瞒,"我没有杀他,我没拿什么镍币,也没拿什么珠宝,更没有拿什么钥匙!"

"你忘了把钥匙处理掉,钥匙和耳环、手表都还在你的抽屉里。"它们确实在抽屉里,但钥匙不是他拿走的那一串,可谁会知道?

好吧,他知道。"你想陷害我,"他说,"是你把那些东西放进去的!"

"镍币也是我放的吗?"

"你不会在我那里发现镍币。"

"你确定?如果警察来一次地毯式搜索,把所有东西都掀开来找,而且他们知道要找的是一枚镍币,你百分之百确定他们找不到?好好想一下。"

他想了想。我猜我的话生效了,而且显然他比我对警察能力做出的评价要高,因为在众人还没有意会过来发生了什么事之前,他已经推开椅背,拔腿越过坐在他旁边的女人,冲向门口。

雷迅速拔出枪,但是他坐错了位子,在他和法因辛格之间还有其他人。大家一阵骚动,全站了起来。我原本可以让他走,但是他能跑多远?

我拔出藏在外套下面的枪,大喊着要他站住。他不听,我只好给这浑蛋一枪镇静剂。

23

"现在我们最需要的就是来一杯爱尔兰咖啡,"卡洛琳说,"所以最好是到麦克贝尔司去。"

麦克贝尔司位于第六大道和第八街过去几个街区的地方。我们叫了一辆出租车。要从布鲁克林叫一辆肯到曼哈顿的出租车不难,但是反过来,要让一辆曼哈顿的出租车到布鲁克林来可能就要费一番唇舌了,这再一次证明我们生活在一个不平等的宇宙。这也算新闻吗?

所有的骚动都已经平息,英雄和俘虏也都退场了,这次的英雄是雷·基希曼和一群他打电话叫来帮忙的当地警察。他们有一群罪犯要逮捕——默里·法因辛格、赫伯特·富兰克林·科尔卡农、兔子马尔盖特。差点忘了,还有玛丽琳·马尔盖特和哈伦·瑞斯。

杰西卡和克莱邀请我们和其他人到她那里去,但是我谢绝了,说好改个时间再去。我们和那三位费城来的先生也没有多说话,看来霍华德·皮特曼不会被起诉,显然他如果不偷牵老板的牛，就是个一流的馆长。我猜米罗·拉克斯会拿到一笔酬金。另外，只要镍币回归原主，雷·基希曼就可以拿到一万美元的酬劳。按通常的程序，那枚镍币必须作为证物充公，但是正常的程序还是可以稍作弹性处理的，只要找对警察，给予适当的激励。戈登·鲁斯兰德已经同意提供适当的激励。

出租车经过布鲁克林大桥。在一个这么美丽的星期天，我们欣赏着美丽的桥上风光。我坐在中间，丹妮丝坐在我的右边，卡洛琳坐在我的左边，多幸福啊！我同时破了两件谋杀案，在众人面前承认自己是小偷，而不用担心会被控告。现在我要去曼哈顿，一边坐着女朋友，一边坐着最好的伙伴，她们之间似乎已经停火，还有什么比这更完美？

卡洛琳说得没错，爱尔兰咖啡正是我们需要的，而且它真的恰到好处：浓黑香醇加上红糖的甜味和爱尔兰威士忌的香，最后上面加上厚厚一层手工打的白色鲜奶油，而不是从罐子里挤出来，看起来像剃须泡沫一样的东西。我们喝了一杯又一杯，直到我喊着："今天晚上我们该好好吃一顿庆祝，我们三个，除非有人有其他的事。"

"该死。"丹妮丝说。我们围坐在一张小桌子边，桌上只够放三个杯子和一个很大的烟灰缸，她差不多已经把烟灰缸填满了,因为她一根接一根地抽烟,现在又弄熄了手上的那一根,把椅背往后一推。"我受不了了,"她说,"我不要再蹚这浑水了。你们两个可以继续谈,我要回家看孩子了,免得他忘了我长什么样。你们好好聊,你今天晚上会去我那儿?"

"我想大概会吧。"我说。

但她不是对我说,而是对卡洛琳说的。她犹豫了一下,然后很快点了一下头。

"好吧。"丹妮丝说。她拿起皮包,吸了一口气,一只手撑在桌子上,倾身轻轻地吻了卡洛琳的嘴,然后两颊绯红地转身大步离开。

有几分钟时间没有人开口。最后卡洛琳用眼神招来服务员,点了一杯马提尼,我考虑也点一杯,但是我实在不喜欢马提尼,而且我的面前还有半杯爱尔兰咖啡,大概也喝不完。

卡洛琳问:"伯尼,有几件事我不明白,你怎么知道玛丽琳·马尔盖特和那些窃案有关?"

"我猜她认识科尔卡农的老婆。当她出现在我面前,从皮包里拿出手枪对着我,说我是凶手的时候,她叫那女人旺达。原先我猜她们是朋友,可又是什么样的朋友?谁会叫自己的弟弟去偷自己朋友的家?而且不会那么巧,兔子和哈伦会找到第十八街,恰恰还在没人在家的时候。

"后来我到美容院找玛丽琳,刚好听到一个女人在讲一些私人的事。我想到女人做头发的时候,什么事都会告诉她的理发师,于是又追查了发生在美容院附近且手法类似的偷窃案。"

"你今天早上溜进美容院,发现这些偷窃案失主的名字也在美容院的预约名册中,是吗?你为什么要那么做?你为什么不打电话给遭窃的人,问她们都在哪里做的头发?"

"我也考虑过,但是那不能证明旺达也在那里做头发,再说如果我没有办法在预约名册里发现其他的名字,还可以写上去。"

"你是说假造证据?"

"我认为那是提供证据而不是假造证据,而且我很可能浪费几个小时打电话,因为星期六晚上大部分人会出门。除了我是小偷,很自然会用小偷的方法解决问题之外,最重要的理由是想看看那把枪。"

"枪?"

"玛丽琳拿来对准我的枪。我看到那把枪在抽屉里,真的松了一口气。她告诉我她已经把它放回去了,但是如果我找不到,我会假设枪还在她的皮包里,那我就得先提醒雷,要他注意在我掀她的底时不要让她有机会拔枪。"

"我明白了。"

"卡洛琳——"

"你一定是想谈丹妮丝的事。"

"我认为不是我想,而是我们必须谈,不是吗?"

"该死,好吧,是不能避免。"她一口喝完马提尼,看看四周想叫服务员,但没看到人,只好把玻璃杯放下,"好吧,我真的不知道事情是怎么发生的,伯尼,我绝对不是有预谋的。"

"你从来没喜欢过她。"

"喜欢她?我从来就受不了她。"

"她也不曾为你疯狂。"

"她向来看不起我,觉得我恶心,认为我是个矮冬瓜,而且全身狗臭味。"

"你以前说她瘦巴巴、行动笨拙。"

"好了,我错了,行吗?"

"怎么开始的?"

"我也不知道,伯尼。"服务员刚好从旁边经过,卡洛琳揪住他的衣角,把杯子塞到他手上。"非常紧急。"她对服务员说,然后又转向我,"我发誓我真的不知道是怎么发生的,我猜我们早就彼此吸引,对对方的敌意可能只是一种掩饰。"

"水门事件以来最佳的掩饰。"

"就是这样,我和丹妮丝都感觉很奇怪。昨天,刚开始时我们只是强迫自己忍受对方。大概是气氛的关系,我们俩都察觉到了。我起初不愿承认,因为我知道我不想勾引她。第一,她是你的女朋友;第二,她不是同性恋。"

"然后呢?"

"然后她不断挑逗。伯尼,你知道我的个性,我就是没办法拒绝诱惑。是她先勾引我的,所以——"

"丹妮丝勾引你?"

"是的。"

"我从来没想到她是同性恋。"

"我想她不是。我认为她是个可以养只贵宾狗的普通女人,但她现在想继续和我上床。我想这不会是本世纪最伟大的爱情,如果这会破坏我们之间的友谊,我宁可放弃和她在一起。世界上女人比比皆是,但是我要到哪里找另一个最要好的朋友?"

"别担心,我没事。"

"没事?这事简直太疯狂了。"

"不要担心,我和丹妮丝之间也不是什么世纪爱情。几天前我打电话给她,是因为我可能需要不在场证明。这个你不必告诉她,不过这是真话。"

"她早就知道了,她就是这样告诉自己来为我们上床作辩护的。"

"好了,那还有什么问题?"

"你不生我的气?"

"我还不完全清楚我该怎么做,现在脑子里只是一片混乱。你听过那个故事吗?一个人死了老婆,在葬礼上他几乎承受不了这个打击,他最要好的朋友把他带到一边,告诉他如何克服悲伤。"

"听起来很耳熟,继续说。"

"那个最要好的朋友对他说,他会克服一切悲伤,总有一天事情会过去。几个月之后,他就可以再去约会,他会找到喜欢的女人,爱上她,和她上床,然后开始新的生活。这时这位悲伤的先生说:'是的,这些我都知道,但是今天晚上我该干什么?'"

"哦。"

"至少玛丽琳肯定是不行了。就算有人愿意出钱保释她,她也一定不会张开手臂欢迎我。"

"现在当然不会。你为什么要把她丢进狼群?你不必这么做,不是吗?"

"不会有害处,对科尔卡农的案子有帮助,可以加强一些细枝末节的联络。"

"我还以为你会讲小偷之间的道义。她和哈伦以及兔子也算是同行,我以为你不会把他们交给警察。"

"同行?你也看到他们在第十八街干的好事了,他们根本不是小偷,而是土匪。我能为小偷这行做的最好的事,就是把他们逐出这一行。"

她啜了一口刚点的马提尼,然后说:"不管怎么样,她看起来真的很廉价。"

"这倒是实话。"

"她那身红黑的装扮一定看起来很放荡。"

"我就知道你会这么说。"

"尽管如此,"她很小心地说,"我知道她怎么吸引喜欢她的那一类人。"

"哦。"

"我自己也喜欢那种类型的人。"

"我也是。"

"我当然不是只喜欢那种类型的人。"

"我也是。"

"伯尼,你不是在生我的气吧?你不会恨我吧?"

"当然不会。"

"我们仍然是哥儿们吗?"

"当然。"

"我们仍然是工作上的伙伴吗?我还算是你的密友吗?"

"算。"

"那就没事了。"

"是的,没事了,'但是今天晚上我该干什么?'"

"好问题,"她站起来,"我知道我今天晚上要干什么。"

"祝你有个愉快的夜晚!替我向丹妮丝问好。"

她走了之后,我想再点一杯爱尔兰咖啡或是马提尼,或是其他什么,但我实在不想再喝了。现在来一杯像埃博尔那里的法国白兰地的东西一定不错,不过我猜他们这里一定没有。我付了账还给了小费,决定去散步。

我原本没打算走到华盛顿广场,但是我的脚把我带到了那里。我买了一根雪糕,外面是一层黏黏的东西,里面是巧克力。我在想,明天我一定会像卡洛琳上次一样,因为吃了太甜的东西整天倒胃口。管他呢,吃就吃了。

不知什么原因,我没办法安静地坐在固定的一条长凳上,我不断换位子,每次都只坐几分钟。我看着那些摊贩、醉汉、吸海洛因的人、年轻的妈妈、正在亲热的恋人、贩毒的人、卖吃食的人,还有那些在人群中绕圈子喘着气跑步的人。我看着小孩子,真的很怀疑他们哪来那么多精力。

我仍然没办法安静地坐下来,这一次我比那些小孩子更有精力,可是没地方宣泄。过了一会儿,我又站起来,走过那些下棋的人。我穿着西装,手上提着公文包,脚上的鞋子太宽,而且我又有摩顿脚。但这有什么关系?

我把公文包夹在腋下,开始慢跑。

要不是杰西卡·加兰德出现在我的书店,手里还拿着那两本我在追悼会上念的书,故事原本应该到此结束。她说她对道德哲学的书不是很感兴趣,问我要不要收下那两本书当作纪念。

"我只希望自己迟早能拿到他的东西。"她说,"他没留下什么遗言,我还得想办法证明我是他的外孙女。我有他写给我的信,那些信都在英国我妈妈那里,但是我不知道他们是否承认这是证据。总之,可能还要一段很长的时间,我才能进他的公寓。"

"就算你有继承权,"我说,"公寓也会被先检查一遍,而埃博尔的东西恐怕没有几样是合法的,你只能希望警察不要找到所有的东西。警察和税务局的人会清走很多东西,但有些他们可能还是会遗漏,比如说塞在电话里的钱。"她惊讶地看着我,我解释了一下,并且告诉了她一些藏在不同地方的宝藏。

"这些东西很可能在我看到之前就不见了。"她说,"不管是不是被偷,它们很可能都会不见,你说是吗?"

"也许,就算有些东西是埃博尔合法买来的。"不是每一个人都像我一样不愿意抢死人的东西,"也许门口的警卫会让你进去,至少你可以拿到电话里的钱。"

"我试过了。那幢大楼的安全措施很严密。"她皱着眉头,似乎在想什么,"我在想——"

"想什么?"

"我在想,你进得去吗?这是你的本行,不是吗?你从那里抢救出来的东西,我愿意分一半给你。我有预感,一旦警察和税务局的人去查过,再加上一些费用以及遗产税之类的，我一定拿不到任何东西。一半的东西总比什么都没有强。你想你办得到吗？这不是真的偷，对吗？"

"要进那幢大楼实在不可能。"我说。

"我知道。"

"我已经试过两种方法，而且都成功了。现在有一半的房客知道我的长相和名字，更不要说我的职业。"

"我知道。"她说，眼睛看着地上，"我想你是不愿意。"

"我没这么说。"

"但是如果你没办法进去——"

"办法总是会有的，"我说，"你总会找到办法开锁、通过门口警卫那一关、打开保险柜。只要你多动点脑筋，而且下定决心，总会有办法的。"

她的眼睛瞪大了。"你看起来很激动。"

"我——"

"你愿意试试，对吗？"

我故意装出考虑的样子，但是我想骗谁？"好的，我想办法试试看。"

The Burglar Who Studied Spinoza
Copyright © 1982 Lawrence Block
First Published in the United States by Random House, New York, New York. This edition is published in agreement with the author, c/o BAROR INTERNATIONAL, INC., Armonk, New York, U.S.A. through Chinese Connection Agency, A Division of the Yao Enterprises, LLC.
Simplified Chinese edition copyright © 2018 New Star Press
All rights reserved.

图书在版编目（CIP）数据

雅贼全集：精装典藏版：全11册／（美）劳伦斯·布洛克著；王凌霄等译． — 北京：新星出版社，2018.10
ISBN 978-7-5133-3168-5

Ⅰ．①雅… Ⅱ．①劳… ②王… Ⅲ．①推理小说-小说集-美国-现代 Ⅳ．① I712.45

中国版本图书馆 CIP 数据核字（2018）第 155987 号

午夜文库
谢刚 主持

雅贼全集精装典藏版④

研究斯宾诺莎的贼

（美）劳伦斯·布洛克 著；林雅敏 译

责任编辑：王　欢
特约编辑：郑　雁
责任校对：刘　义
责任印制：李珊珊
装帧设计：周伟伟

出版发行：新星出版社
出 版 人：马汝军
社　　址：北京市西城区车公庄大街丙3号楼　　100044
网　　址：www.newstarpress.com
电　　话：010-88310888
传　　真：010-65270449
法律顾问：北京市岳成律师事务所

读者服务：010-88310800　　service@newstarpress.com
邮购地址：北京市西城区车公庄大街丙3号楼　　100044

印　　刷：北京盛通印刷股份有限公司
开　　本：889mm×1092mm　　1/32
印　　张：8.375
字　　数：117千字
版　　次：2018年10月第一版　　2018年10月第一次印刷
书　　号：ISBN 978-7-5133-3168-5
定　　价：638.00元（全十一册）

版权专有，侵权必究；如有质量问题，请与印刷厂联系调换。